U0466040

雨花忠魂

雨花英烈系列纪实文学

风向与信仰

金佛庄烈士传

李新勇 著

江苏凤凰文艺出版社
JIANGSU PHOENIX LITERATURE AND ART PUBLISHING, LTD

图书在版编目（CIP）数据

风向与信仰：金佛庄烈士传 / 李新勇著. — 南京：江苏凤凰文艺出版社，2017.7
（雨花忠魂：雨花英烈系列纪实文学）
ISBN 978-7-5399-9435-2

Ⅰ. ①风… Ⅱ. ①李… Ⅲ. ①纪实文学－中国－当代
Ⅳ. ①I25

中国版本图书馆 CIP 数据核字(2016)第 325254 号

书　　名	风向与信仰：金佛庄烈士传
著　　者	李新勇
责任编辑	黄孝阳　聂　斌
出版发行	江苏凤凰文艺出版社
出版社地址	南京市中央路 165 号，邮编：210009
出版社网址	http://www.jswenyi.com
印　　刷	江苏凤凰通达印刷有限公司
开　　本	880×1230 毫米 1/32
印　　张	5.75
字　　数	150 千字
版　　次	2017 年 7 月第 1 版　2017 年 7 月第 1 次印刷
标准书号	ISBN 978-7-5399-9435-2
定　　价	28.00 元

“雨花忠魂·雨花英烈系列纪实文学”
丛书编委会名单

信念之光　民族脊梁

中共江苏省委书记　李　强

南京雨花台，是一处历史名迹，更是一个革命圣地。它风光秀丽，历代文人墨客在此留下吟哦诗篇；它壮怀激烈，众多先贤志士在此演绎壮丽人生；它记忆殷红，无数革命先烈、共产党人在此献出宝贵生命。近现代以来，在雨花台英勇就义的革命烈士中留下姓名的烈士就有1519名，他们的事迹展示了中国共产党人的崇高理想信念、高尚道德情操、为民牺牲的大无畏精神。

习近平总书记在中国文联十大、中国作协九大开幕式上指出：“祖国是人民最坚实的依靠，英雄是民族最闪亮的坐标。歌唱祖国、礼赞英雄从来都是文艺创作的永恒主题，也是最动人的篇章。”江苏省委宣传部、省作家协会组织编写的“雨花忠魂·雨花英烈系列纪实文学”丛书，以真实的人物故事，生动诠释了雨花英烈信仰至上、慨然担当、舍身为民、矢志兴邦的革命精神和英雄壮举。恽代英、邓中夏、何宝珍、施滉、徐楚光、陈原道等，这一个个英烈，是不灭的火种、不朽的丰碑，闪耀着革命信念的光芒，挺起了民族不屈的脊梁。“雨花忠魂”丛书，是深沉的革命历史见证，是深厚的红色文化传承，是深刻的思想教育启迪，展现了江苏作家对革命历史的正确认识、对雨花英烈的景仰之情、对弘扬社会主义核心价值观的自觉追求。

现在，江苏发展已经站在新的起点。全省上下正在深入学习贯彻习近平总书记系列重要讲话精神和治国理政新理念新思想新战略，按照省第十三次党代会提出的战略部署，积极投身“聚力创新，聚焦富民，高水平全面建成小康社会”的崭新实践，加快建设经济强、百姓富、环境美、社会文明程度高的新江苏。伟大的事业需要伟大的精神。我们缅怀雨花英烈，就是要学习他们的高尚品质和不朽精神，从中汲取养分与力量，砥砺全省人民朝气蓬勃地迈向未来；我们弘扬雨花英烈精神，就是要在高扬爱国主义主旋律、践行社会主义核心价值观的实践中，引导人们坚定对中国特色社会主义的道路自信、理论自信、制度自信、文化自信，努力创造出无愧于时代的崭新业绩，以此告慰那些为民族解放、国家富强和人民幸福而英勇献身的革命先辈们。

目　录

第一章
炉火重拨尚余薰 冻砚时能见苦吟

离开厦门大学

十月的北国已透露出严冬肃杀的景象，而在 1921 年的南国厦门，依然花红柳绿，生机盎然，高大的树影漏下斑驳的光影，闪烁跳动，像一颗颗蹦蹦跳跳的星星，满是顽皮和喜悦，没有些许庄重的样子，更没有安静的时候。

二十四岁的金佛庄提着个轻捷的藤条行李箱，走出厦门大学校门。

阳光飞溅，微风轻拂。不远处的卤面、虾面、鲜包坊的吆喝声此起彼伏。校门口一片暗色清凉的树阴下，排着三五辆散淡的人力车，车夫歪在车上，就势用经了雨而颜色褐黄的草帽把脸遮起来打盹。十月的南方气温正好，不冷不热，只要没有买卖，随时随地都能享受一段美妙的睡眠。

排在最靠前的人力车夫是个二十多岁的青年，听见脚步声，把草帽从脸上掀到脖子后面。他看见金佛庄随身携带了一点简单的行李，以为他是到本城某地方去走访朋友的，一弓腰带着他的人力车来到跟前问："先生，你上哪儿？"金佛庄本不想乘车，怀里钱袋里的钞票实在少得可怜，可看着人力车师傅期盼的眼神，他知道，跑这一趟路的脚力钱，是那年轻师傅的午饭。便把行李放到车上说："辛苦师傅，码头。"满身肌肉疙瘩的人力车师傅吆喝一声，连人带车一起离开了厦门大学校门，金佛庄的耳朵里灌满了奔驰的风声。

人力车在坎坷不平的道路上忽高忽低地剧烈蹦跳，忽左忽右地前进，敝旧的遮雨篷布剧烈地颤抖着，手摇的铃声打破了街道的宁静，行人见到人力车来，便主动往路边靠一靠，用漠不关心的眼神打量一眼人力车夫和车上的乘客，继续赶自己的路。

每次坐人力车，金佛庄都禁不住感慨。这种于 1870 年由法国人米拉创制的运输工具，自 1873 年自日本输入中国后，便迅速传遍大江南北。人称东洋车，在上海被称为黄包车。这种车适应性强，雇用方便，车资低廉，只要有一米宽的道儿，就能跑得飞快。在城市里，几乎没有人力车到达不了的地方。也许正因为它"不择道"，所以从来没有谁曾提出建议要为人力车修专门的行车道。从前承载行人、独轮车、轿子的便道，奔跑上人力车，甭说有多颠簸不适。这正如那时候的中国，北洋军阀走马灯似的，这个上台执政一些时间，那个上台执政一些时间，个个叫嚣着要给老百姓带来幸福和平与安乐，真正上台之后与前任并无区别，一样战火连年、苛捐杂税、盗匪横行。一个军阀就相当于一种"交通工具"，"交通工具"换了无数种，可路还是那条老路，看不到希望，令人迷惘。

人力车上的金佛庄把只差被颠飞出去的礼帽往下按了按，确认不会飞掉，腾出手来，紧紧抓住座位旁边的扶手。心情极不平静，今天的情景，恰如过去日子的翻版，人生的许多日子都像这样，被无数次重复，不管是人物、情调，还是心情，来的时候是这个样子，离开的时候还是这个样子，只是往返的方向不一样而已。去与来的之间，谈不上收获，感觉到处都充斥着失意和迷惘。

当初决定来读厦门大学，金佛庄心底既有希望，又有迷惘。希望在于，这所由新加坡华侨陈嘉庚于 1921 年创办的综合性大学，涵盖了师范（包括文、理科）、商学、工学、新闻、法学、医药等科系，在这里他能学到经国济世的本领，能够学到让民众吃饱穿暖的本事。迷惘在于，当下的时局似乎越来越不可能让一个才华横溢的人施展抱负，到处都是不讲理，到处都是不合理，到处都是民怨沸腾，到处都是民不聊生。是故，自 1921 年 4 月 6 日开学，半年来，作为第一届学生，金佛庄从未忘记开学那天，校长邓艺园在报告中说，厦门大学的办学目的是“研究学术，培养人材，指导社会”。可残酷的现实让金佛庄寝食难安，经常于夜深人静的时候枯坐难眠，怅然叹息。

从 4 月 6 日入学，到现在 10 月 3 日离开，金佛庄度过了他人生中最难捱的半年。昨夜同窗们为他饯行的酒，还在唇齿之间隐约盘桓，他的心中希望和迷惘未曾比来的时候少，恰恰相反，比来的时候多得多。此时，他的希望在于，保定陆军军官学校又复课了，他又能回到军校读书了，保定陆军军官学校“守信、守时、苦读、勤练、爱校、爱国”的校训，早已铭刻在金佛庄的心上。校场上的呐喊、靶场上的枪声……每每想起，他便热血沸腾。他这一去，是为了参加复课学习的，继续他的从军救国的梦想。迷惘在于，昨夜饯行的同窗，在敬酒的时候，除了“苟富贵勿相忘”这样粗鄙势利的话，再无救国救民的言语。生逢乱世，多少人只为苟且偷生？多少人是把上大学作为他日谋求大富大贵、光耀门庭、封妻荫子的跳板的；多少人是把结识朋友看作是将来拉帮结派、结党营私、左右逢源的杠杆的。什么国家的前途、民族的命运、百姓的生计，从未进入他们的视野和思维——末路英雄，金佛庄心头装着大寂寞，大孤独。

这半年，金佛庄的日子几乎可以说是穷愁潦倒。

跟保定陆军军官学校比起来，厦门大学思想开放，能够自由地接触各种学说和思潮，能够不受限制地与同学探讨中国时局。可是人生在世，离不开吃穿二字。作为在校学生，必要的经济条件是保证顺利完成学业的前提条件。在保定读书的时候，除了享受公费，每个月还能领到一笔生活津贴。靠这笔钱，简单的日子一样红肥绿瘦，不仅不需要父母支持，还可以把妻子接到身边，让她去读蚕桑学校。而在厦门这半年，没有公费，也没有津贴，学费和生活费全靠远在浙江东阳横店的老家支持。父母和妻子想尽一切办法也凑不齐费用，只好请同村十几户亲友共设了个“银会”——银会这名词今已不多见，这样的组织已不复存在，可它却是中国明代至民国时期一种集资逐利的方式，其方法是：每位参加银会的人，出一份子钱，然后用抽签的形式来决定由谁使用。银会可以一年一次，也可以一年两次。这种“花钱”的方式，在明代禁毁言情小说《欢喜冤家》中就已经出现，在众多的民间史料上也可见到。因自印自用，有出无收，相当于赌博。金佛庄父母家的“银会”则由每户出十块钱的份子钱，借给金佛庄做学费，待他将来领取薪酬的时候再逐一奉还。

经济拮据还不算痛彻心扉的悲苦，最大的悲苦来自于对眼前的失望。厦门是沿海城市，这里有内陆人在短时间内无法适应的气息。厦门，当时的英文名 Amoy，别称鹭岛，简称鹭，位于福建省东南端，西接漳州，北邻南安，东南与大小金门和大担岛隔海相望，是闽南地区的主要城市之一，与漳州、泉州并称“厦漳泉”，自古就是水陆码头，商业繁茂，华侨众多。1842 年第一次鸦片战争结束后清政府与英国签署的《南京条约》，厦门作为五口通商口岸之一，英国在此派驻领事，准许英商及其家属自由居住。虽然到了民国，条约仍未废止。在厦门，中国人仍然是二等公民，处处受管制，处处受欺压。在自己的国土上做二等公民，是件窝囊憋屈的事情。

厦门不是金佛庄的希望之所在。但一想到现在就要返回的保定陆军军官学校，那里未必又是金佛庄的希望所在。

屈原所谓“路漫漫其修远兮，吾将上下而求索”，其先决条件是方向明确，目标明确。只要目标明确、方向明确，不管有多远，终可抵达。而此时的金佛庄，既没有明确的目标，也没有清晰的方向，世界是混沌的，他不知道自己该向哪个方向走，他不知道自己人生的目标在哪里。

途路迷惘

那时候的人有个最大的特点，就是从懂事起，他都会自觉不自觉地考虑这辈子该做哪些事情，取得什么样的成就。一旦想清楚了，便会义无反顾，付出全部的时间和精力，努力靠近，竭力抵达，一辈子为之努力奋斗。

这事儿说小了叫志向，说大了叫信仰。

那是个信仰与生命同在的时代。1915 年考入东阳县立中学时，金佛庄的理想是“科学救国”。他与后来成为著名科学家的严济慈是同班同学，他俩都特别聪明，特别刻苦。在回忆中学时光时，严济慈感叹道：“其他的事都记不清楚了，只有同金佛庄两个人，每次考试时都互相激烈争夺第一名这件事最有趣，至今念念不忘。”金佛庄写得一手好字，文笔特别好，每每受到国文老师的表扬；严济慈则以数学最为擅长，不用教师教，他把数学书当小说一样看一遍就会，遇到难题一点就通。有一年数学老师病休，严济慈自告奋勇向校长请缨，主动承担起全年级的数学课，他上的数学课居然比数学老师还好，待数学老师休假结束要来上课，全年级的同学居然不答应，非要严济慈继续教下去不可，一时轰动全城。

如果北洋政府不与日本人签订屈辱的“二十一条”，金佛庄将继续他“科学救国”的理想。1915 年 1 月，当北洋政府与日本签订“二十一条”的消息传出，全国哗然。虽北洋政府最终只认可了二十一条中的十一条，但这十一条事关山东和“南满”权益的问题，出让这些权益，就等于出卖主权。当时日本在中国增兵三万，进行武力威慑，如果不签“二十一条”，就可能攻打中国。当时中国军事弱不禁风，北洋政权打不过，也打不起。那时候还没有出现“弱国无外交”的提法，年轻气盛的金佛庄深刻感受到，一个国家如果没有强大的军队看守国门，对抗强权霸权，随时都可能被强权霸权玩于股掌、踩在脚下；乱世之中，一条男子汉只有成为手握兵权的人，才能“退”可苟全性命，“进”可参与到抗击强权霸权的斗争。那时候他就产生了投笔从戎的想法。到1918年中学毕业，金佛庄毅然决定报考军校，很快他便如愿以偿，考入保定陆军军官学校，成为该校第八期步兵科军官候补生。

进入保定陆军军官学校后，很快他发现，前途依然令人迷惘。军校内部，旧军阀体制下的军官学校，官僚作风无处不在，教官就是老爷，学员轮流替他打水洗脚、盛饭洗碗，给竹烟筒换水，打扫卫生，洗衣叠被等等。上下级之间没有交流，没有感情，不管你为教官做了多少活儿，教官不会感激你，不会记住你的好，一副心安理得的样子，学生就是他们的奴仆和差役，列队要是站不正，教官挥起胳膊就是一耳光；正步踢出去时力量不够，当心屁股上或腿上被教官飞起一脚踢中；射击、刺杀、投弹训练若达不到规定的标准，小心被皮带伺候。

如果到厦门算是“从文”的话，到保定陆军军官学校则是“尚武”。虽然整个时代让人迷惘，看不到希望，但把厦门和保定放在一起比较，金佛光还是义无反顾地选择保定。因为军校里的种种官僚作风毕竟是有期限的，作为军官他迟早要进入军队，迟早要成为军官。如果没有办法促使所有的军队都改掉官僚作风陋习，至少在自己带的兵中吹进新风，保持团结奋进、官兵和谐的状态。

从厦门到保定，必须乘坐海轮，到天津上岸，取道北京，再从北京赶到保定。

到了码头，人力车夫要替金佛庄把行李提到轮船上，这是他分内之事。金佛庄制止了，就那么一点行李，不必劳累车夫。藤条箱里只有一套换洗的衣服和几卷书、几封由保定军校和横店老家寄来的书信，还有就是两包打算拿回去款待战友的厦门特产鱼皮花生。

多名战友曾来信劝他回到军校，继续做“新军人”。

上船的时候，金佛庄遇上了两个兵痞，声称例行盘查，实则雁过拔毛。见金佛庄只有两纸包鱼皮花生，嘴里骂骂咧咧，责怪其寒碜潦倒，旋即将鱼皮花生全部卷入随身携带的口袋中。

那时候没有军官证。即使有，也派不上用场，谁认得你呀。辛亥革命后，华夏大地，军阀割据，分崩离析，中央不能控制地方，法律不能控制派系。当时的福建处于段祺瑞皖系亲信、督军李厚基的治下，段祺瑞于一年前倒台后，李厚基只能靠四面联络、保守中立得以苟延残喘。

海轮启航之后，金佛庄站立船头，望着被船分开的碧水，他想：何时才有一支现代的军队，不敲诈勒索，不欺压老百姓，是天下太平的开创者和守护神?

保定军校

为了写好金佛庄，笔者几乎把他当年曾待过的地方走了一遍。九十五年之后，当笔者站到保定陆军军官学校土地上的时候，保定军校的名字已经是“保定陆军军官学校旧址”了，后面还特别注明“（1912—1923 年）”字样，是国务院批准的“第六批全国重点文物保护单位”。树已不是原来的树，房屋已不完全是原来的房屋，检阅台和广场依稀还能窥见当年的雄风。如织的游人带着杂沓的脚步和不可一一细述的心情，行走在曾经照耀过无数热血青年的梦想而如今依然给人温暖的阳光下面。

毕竟经历了九十多年的历史，世事的沧桑变化不以人的意志为转移，军校的命运与国家民族的命运须臾不分。从 1923 年年末关门停办起，军校被用作他途；到 1937 年“七七”事变后，这里成了日本侵略军在保定的重要基地；1945 年日本投降后，校舍被拆毁；解放后，保定军校改建为农场，又改为畜牧场。

物是人非，冰火沉沦，当年的旧迹被一点点消融，终至面目全非。但是，纵使旧迹无存，都无法改变保定陆军军官学校在中国革命史上的意义和价值；哪怕一片残砖断瓦都找不到，保定陆军军官学校依然像丰碑一样矗立在中国军事教科书中，依然像博物馆那样，接受无数后人从物质层面和精神层面去挖掘它的存在和内涵。

这所创办于晚清 1902 年的军官学校，是我国历史上第一所正规化高等军事学府。1912 年中华民国开始后，陆军部沿袭晚清的旧制，保留了这所陆军军官学校，新派校长和教官，添置了教学设备，从 1912 年至 1923 年，在此共办过九期培训班，毕业生有六千余人。

为了革命需要，孙中山于保定陆军军官学校关门之后第二年，也就是 1924 年在广州创办了黄埔军校。黄埔军校是保定军校的后续者，保定军校的不少毕业生，成为黄埔军校的教官。

保定陆军军官学校人才辈出，成为近代军事家和政治家的摇篮。不管是革命的，还是反革命的，这些人后来都曾参与甚至主导了中国近代社会发展的进程。

从保定陆军军官学校毕业的学生，遍及国、共两党，许多北洋军阀中的将领，也曾就读于保定陆军军官学校。著名校友数不胜数，耳熟能详的，除了蒋介石、张治中、叶挺、傅作义、薛岳，还有李济深、季方、孙岳、佟麟阁等等。李济深在军校参加了辛亥革命活动，为阻止清军南下攻打起义军，曾冒险去炸漕河铁桥，解放后任中华人民共和国副主席；季方在辛亥革命中曾任北伐军敢死队排长，后投入讨袁战争，解放后，任全国人大常委会委员，全国政协第六届副主席；国民三军军长兼北京警备副司令孙岳，在保定军校上学时加入同盟会，1924 年与冯玉祥将军合作发动北京兵变，逮捕并囚禁了北洋军阀政府总统曹锟，促进了中国历史的进程；他率领的国民三军进驻保定后，释放了被曹锟、吴佩孚囚禁的京汉铁路总工会委员史文彬、长辛店分会干部陈历茂、保定分会会长何立泉和副会长白月岳等参加二七大罢工的党和工会的负责干部；原国民党二十九军副军长佟麟阁将军，在芦沟桥抗日战争中光荣牺牲。

不少毕业生后来成为中国近代革命史上的知名人物，为中国人民的革命事业立下了不朽的功勋。如叶挺，中共著名的军事将领，在北伐战争中他率领的“铁军”使敌人闻风丧胆，抗日战争时期任新四军军长。赵博生、董振堂是宁都起义的著名领导人，赵博生曾任红五军团副总指挥兼参谋长，董振堂任红五军团长，先后为革命事业光荣牺牲。地下党员、原国民党第三十三集团军副司令长官张克侠和何基沣，在淮海战役的紧要关头，分别率领五十九军和七十七军火线起义，为顺利地取得淮海战役的胜利做出了重大的贡献。还有何柱国、王长江等人，也都为革命事业做出了贡献。另外，邓演达、耿毅、刘越西、陈铭枢、吴艺五、刘汝贤、周季展、李竞容、周思诚、商震、王法勤、黄曦、王紫斋、刘建藩、倪德勋、童保暄、张璧、瓮巨卿、安溯颜、刘耀奎、钱鼎和陆军速成学堂的方声涛、吕公望、林知渊等，都曾投身于辛亥革命和讨袁战争。还有不少人经过曲折的道路后，又投身于革命阵营，如张治中、傅作义、陶峙岳、楚溪春、刘文辉等。

在一正一邪的历史选择中，人的站队非此即彼，保定军校毕业的张群，后任国民党政府行政院长；军官学校毕业的白崇禧，后任国民政府国防部长；陈诚任国民党军队总参谋长，秦德纯任国民党政府国防次长。早期毕业生吴佩孚，在北洋军阀政府时任直鲁豫巡阅使；齐燮元在北洋军阀政府时的江苏省督军兼皖赣巡阅使，日伪时任华北治安总署督办兼华北绥靖军总司令。还有顾祝同、刘峙、薛岳、罗卓英、马法五、周至柔等，后来都成为国民党高级将领。

从北洋军学堂算起，保定陆军军官学校训练了接近一万名军官，当中超过一千六百人获得将军头衔，造就了大批军事人材，在我国近代史上有不可忽视的地位。

保定陆军军官学校同样也成为金佛庄短暂一生的革命道路的锻造

站，当他从厦门重回到军校后，他的思想发生了质的飞越，他看见了生命的瑰丽，找到了人生的方向和目标，最终为了心中的信仰，成为雨花台上一粒晶莹璀璨、绚烂多姿的雨花石。

直皖战争和保定军校

保定陆军军官学校不像黄埔军校始终由一个党派作主导力量，始终在一个政权的领导之下。在风雨飘摇的时局中，谁掌握政权，保定军校就为谁培养军事干部。不少时候，这一派招进来的学生，到了毕业，竟被分配到反对派一方，拿起反对派配发的枪炮，打自己的“老东家”。

在这样的纷繁乱世，出了不少为后世津津乐道的历史掌故和历史人物。

后世之谓“民国风流”，大抵是指民国最初二十年里的各种卓尔不群的人物身上发生的离经叛道的掌故。这些人物和掌故，大多属于“一言难尽”的人物和掌故。这一帮深具表演天赋的历史演员，却决定着一个国家、一个民族、一所军校的命运。

1916 年袁世凯死后，北洋军的统帅权由段祺瑞、冯国璋所继承，并逐步形成了以段祺瑞为首的皖系和以冯国璋为首的直系两大对立的军事集团。与此同时，奉天省(今辽宁省)督军张作霖逐渐控制了东北三省，形成奉系军阀。五四运动爆发后，长期控制着北京政权的皖系成为众矢之的，北洋军阀内部的矛盾进入前所未有的尖锐期。此时的总理段祺瑞便是个典型的“一言难尽”的民国风流人物。

段祺瑞一生没有房产，奉行“六不主义”，即不抽、不喝、不嫖、不赌、不贪、不占，说到做到，律己甚严。

可他的姨太太个个抽大烟，甚至有一个半夜偷情回来，被段祺瑞撞了个正着。最有意思的是，某次人家给他推荐了一个貌美如花的姑娘，知书达礼，娴雅大方，他打算娶回来做四姨太。待到娶进门了，却见女子整日愁眉不展，心事重重。一问之下，才知道此女已经有了意中人。段祺瑞便忍痛割爱，吩咐他夫人要像嫁女儿一样，置办嫁妆，吹吹打打，很热闹地成全她和意中人的婚事。短短半年里，老段家办了两桩喜事，一进一出，全是贴钱的买卖——老公嫁姨太这样的事，在像段祺瑞这样的大人物身上，好像仅此一例。

“九一八”事变后，日本想请段出面组织华北政府，并许愿只要段同意，日本将会全力支持，但遭到了段祺瑞的严词拒绝。为避免日本人的要挟，段祺瑞举家迁来上海，公开表明自己的抗日态度。他接受《申报》记者采访时说：“日本暴横行为，已到情不能感、理不可喻之地步。我国惟有上下一心一德，努力自求。语云，求人不如求己。全国积极准备，合力应付，则虽有十日本，何足畏哉?”“爱国朝野一致，救国惟有自救耳。”

1919 年 12 月，冯国璋死后，曹锟、吴佩孚继之为直系的首脑。为了取得北京政府的控制权，与皖系段祺瑞的矛盾日趋尖锐。直系吴佩孚则利用外交、学潮问题，对控制北京政府的段祺瑞皖系发动了一次比一次更为猛烈的抨击。西南军阀为促进北洋派内部分化，也采取了“联直制皖”的策略。这样，直、苏、鄂、赣和张作霖控制下的东北三省便结成七省“反皖同盟”。后来河南督军赵倜不满段祺瑞而加盟，称为八省反皖同盟。

1920 年 7 月 14 日，直皖战争爆发，在京津地区的对抗，段祺瑞的皖军纷纷溃退。19 日，段祺瑞通电辞职，直皖战争宣告结束。当时曹锟为地方军区负责人，段祺瑞为民国政府“边防督办”，仅仅五天时间，一场地方军人抗拒中央政府的军事政变便以挑战者的胜利而告终，北洋时代最强大的军阀派系垮台。

此时原本属于皖系段祺瑞培养军官的保定陆军军官学校，转眼就成了直系曹锟培养军官的学校。昨天还贴在墙上的段祺瑞的各种训话、各种指示和题词，转眼就换成了曹锟的训话和指示，换得比眨眼睛还快。

保定陆军军官学校成了这场战争的炮灰。直皖战争爆发后，段祺瑞皖军前敌总指挥、原保定陆军军官学校校长曲同丰在松林店被俘，皖军十五师向直军投降。正值放暑假时，军校作为临时收容营房。因十五师已欠军饷数月，引起下级军官的不满。发生兵变，哗变的士兵将军校洗劫一空，并放火烧房。曹锟知道这块地盘已纳入他的统治范围，但保定军校毕竟是这场战争的战利品，是顺带捡来的，相当于是“前娘晚母”生的，老早就打算去洗劫一空了事，谁知天遂人愿，遇上这等好事，立即派兵前来镇压造反的降军第十五师，该打的打，该杀的杀，事情做完了还不甘休，趁机掠走军校军械库的步枪两千支，骡马三百匹。

先是残兵败将把个好端端的学校搞得乌烟瘴气乱七八糟，接下来一场战争再把它打得个稀巴烂，大军退去，只剩一堆残垣断壁，从教学楼到宿舍，从操场到器械库，没有一样完好的东西，一座好端端的军事大学，就这么成为废墟，弄得学校无法复课。

在这两帮跟土匪没有多少区别、装备比土匪精良若干倍的军阀势力中，有数名竟是保定军官学校曾经的毕业生。

直皖战争爆发的时候，作为步兵科二年级学生的金佛庄放假在浙江家中。两军战况和军校被毁的消息通过报纸传到金佛庄那里，金佛庄不禁迷惘，他怀疑自己当初选择投笔从戎的路是否正确——北洋军阀你方唱罢我登场，争的只是地盘和税收，争的是势力范围和话语权。直皖的对峙让金佛庄感到救国救民路途的艰难，没有哪一个军阀会顾及百姓的生计，没有哪一个军阀会顾及民众的安乐。残酷的现实一再惊醒金佛庄，倘若毕业之后，只能委身于某一个野心家，不如及早打算，退而谋求其他，为什么呢？因为，保定陆军军官学校的学生毕业后，要么在直系部队服役，要么在皖系部队服役，甚至可能到奉系部队服役，不管是直系、皖系还是奉系，无论站在哪一个野心家那一方，都不过是在别人敲骨吸髓、夺取民脂民膏之后，跟在后面分取一杯寡廉鲜耻的羹。金佛庄对从军报国的道路产生了怀疑。

多少个斜阳西坠的傍晚，金佛庄坐在自家门前的石头上沉吟徘徊，无所定终。身处乱世却心怀天下，人生的彷徨与煎熬，自是比别人更多几分。

这场战争摧毁了金佛庄“从军救国”的理想。恰好这时候，遇到厦门大学招生，于是金佛庄打算退出保定陆军军官学校，到厦门大学好好研究教育和文学，重拾“科学救国”的理想，以求将来奉献社会。

时间如崖头滚石，由暮春而夏，由夏而秋，冬风渐紧，在厦门大学半年来的时局告诉金佛庄，手中没有一兵一卒，自己顶多算风中一株相对粗壮的芦苇。芦苇再强壮，也扛不住厉风吹拂、苦雨敲打。期间，身在南方的金佛庄没有中断与保定军校同学的联系。同期同学中，后来载入史册的有顾祝同、陈诚、王冷斋、郭俊和王东原等。

后来金佛庄才了解到，为争取早日开学，他的第八期同学组织了“复校同学会”，在保定和北京的权贵之间呼吁。于是，另一个风流倜傥的“民国风流”人物出现了。经过一番思忖和策划，工兵科学生张照光身穿军校军官服，在北京大街上拉着人力车揽客。起初人家以为他是拉着玩儿的，一连几天之后，大家才知道张同学绝非儿戏，是认真的。

此事惊动了报馆，报馆立即发表这一新闻，标题是《军官学生拉洋车》。像得了急性传染病那样，北京各报闻风而动，纷纷采访张同学，报纸遍登军官学生拉洋车事件，并大肆渲染。还发表张照光对记者的谈话和自述，做为头版头条新闻刊登。张同学自述大意是：我在保定军官学校读书，志在报国，因军校遭兵劫破坏，无处栖身，来到北京，生活无着，随身行装典当一空，仅留一身军衣不忍舍弃，为维持生计，只好拉车度日，自食其力，于公于私，光明正大，暂忍困难，等待开学，倘军校不开学，我还要继续拉车。

那是一个只有想不到没有做不到的敢想敢做的时代。张同学的这一行动对北京军阀政府来说，简直是莫大讥讽，因此引起北洋政府各界官员的重视。

在舆论的包围和各方面的奔走呼吁下，保定陆军军官学校于 1921

年 10 月开学。 第九期学员（ 即 1917 年预备军校最后招的一批学生）亦同时入校。

金佛庄得到复校的消息后，没有丝毫犹豫，立即收拾行李，踏上了重返保定的路途。

金佛庄再次成为保定陆军军官学校倒数第二届——第八期学员之一。 经此折腾，校舍毁坏众多，教学器具损毁殆尽，枪支马匹等重要训练用具严重短缺，教员流失大半，另谋生计，校长易人，政府财政拨款迟迟不能到位，拖欠教职员数月的薪金，引起索薪风潮，弄得教员不安心任教。 第八、九两期学生在军校捉襟见肘中，勉强毕业。 1923 年 8 月之后，军校气数已尽，关门大吉。

人们常说“末路英雄”，或者说“乱世出英雄”，说的是生逢乱世，人的生存空间受到诸多限制，人的思维空间却因各种框框和教条的缺失而得到自由发展。 譬如春秋战国时期，譬如魏晋南北朝时期，统治阶级忙着组织吞并别人和防止别人吞并，恰恰给文人和思想家留下一片难得的、没有遮拦的天空。 正是因为保定陆军军官学校在最后一段时间里纪律松弛，金佛庄才有可能阅读大量的书籍，才有可能接触到马克思主义，才有可能与同学们组成进步社团，一起讨论时局，研究马克思主义并成为马克思主义的忠实信徒，最终成为坚定的共产党员。

隐约的光明

从天津港下船，取道北京。 一路上的所见所闻，让金佛庄感受到，此地与半年前相较，已有明显的不同。

作为五四运动的中心，北京到处洋溢着积极向上的气息。 报童除了叫卖各种书报之外，还销售《新青年》和《东方青年》等在厦门看不到的进步书刊和杂志。

五四运动为中共的诞生储备了人才，点亮了许多在迷惘中摸索的青年的人生。 1921 年中国共产党诞生，马克思列宁主义开始在中国广泛传播，北京与上海一前一后成为传播马克思主义两大重镇。

起初，只为消磨时间，金佛庄买了几份《新青年》和《东方青年》杂志。阅读之下，大为震惊，那上面的内容都是闻所未闻、见所未见的。

金佛庄立即用身上仅有的钱购买了报童手中所有的这两种杂志。在这些杂志上，许多爱国的先进分子满腔热忱地推介马列主义，宣传革命思想。在1920年出版的《新青年》和《东方青年》过期刊物上，读到了苏俄政府的第一次对华宣言。这个宣言宣布“废弃(沙俄在中国境内享有的)一切特权”。金佛庄从苏俄政府对待中国的态度中，对社会主义有了进一步的了解和感触。

随着阅读的深入，金佛庄迷惘的心逐渐找到方向，原来世界如此辽阔。同时他发现，研究和宣传马克思主义逐渐成为进步思想界的主流。

在这些刊物和书店的相关图书中，金佛庄注意到两个重要的人物，一个是北京的李大钊，一个是上海的陈独秀。李大钊在《新青年》上发表的《我的马克思主义观》一文，比较全面地介绍马克思主义的唯物史观、经济学说和社会主义理论。陈独秀发表的《谈政治》一文，明确宣布承认用革命的手段建设劳动阶级(即无产阶级)的国家，表明他已从激进民主主义者转变为马克思主义者。很明显，在当时纷呈杂沓的有关社会主义的观点中，两位先生的观点最具系统性，他们阐释的马克思主义观点明白透彻。金佛庄知道，中国的知识分子不笨，马克思主义以其先进性、科学性和革命性吸引着中国的先进分子。他们经过深思熟虑和反复比较，最终选择科学社会主义，先后确立了对马克思主义的信念。

那时候的中国人，凡有作为者，他们思考的从来不是个人的得失，而是国家民族的未来。中国的先进分子接受马克思主义，从一开始就不是把它当作单纯的学理来探讨，而是把它作为考察国家命运的工具。他们以马克思主义基本原理为指导，积极投身到现实斗争中去，注意同工人群众结合，同中国实际结合。这是中国马克思主义思想运动一开始就具有的一个特点和优点。

就这样，金佛庄人还没有到达保定，他的思想已经接受了一次彻底的洗礼。好似漆黑的夜幕上露出了闪烁的星星，苍穹中的北斗给他指出了正确的方向。

他决定寻找机会去拜访李大钊先生，当面向他请教关于马克思主义的有关疑问。

除了理论上的给养，在金佛庄短暂的生命中，另一个深刻影响了他一生的人物，便是蒋百里。此人也是一位“一言难尽”的民国风流人物。在后面还要写到，金佛庄从事革命工作被捕入狱，是蒋百里作保，才将他保释出监狱。

如果我们不太了解蒋百里，可先从外围逐步认识他：其女婿，是世界著名科学家、空气动力学家、中国载人航天奠基人、“中国科制之父”和“火箭之王”钱学森；他的三女儿，钱学森夫人，中央音乐学院教授、中国女声乐教育家和女高音歌唱家蒋英。

做他们老爹的蒋百里，确实是个传奇式的人物。

蒋百里的父亲蒋学烺，号壶隐，生下来就少了一条左臂。因此蒋百里的爷爷视他为怪胎，既怕养不活，又怕他给一家人带来灾难，因此就把他送到寺庙里去做了个小沙弥。没想到这孩子在寺庙里不仅活下来，而且活得很好，长到十四五岁，除了缺少一只手臂，眉清目秀，长相俊朗，品貌不凡。于是蒋百里的祖父让蒋百里的父亲还俗，送他去学岐黄之术，学成之后便开馆行医，悬壶济世。到了该娶媳妇的时候，居然没有人嫌弃他少了一条胳膊，娶了浙江海盐秀才、名医杨笛舟的独生女杨镇和为妻。杨镇和是贤妻良母，又通文墨，成为蒋百里的启蒙老师。

蒋百里十三岁时父亲亡故，与母亲相依为命。因为蒋百里的父亲是出家人，出家人不能归族，按规矩不能得到遗产，家庭生活困苦。倒是蒋百里的叔父在家规之外，还有人间情义，他见蒋百里聪明，便出面请一个叫倪勤叔的老秀才来教习蒋百里。蒋百里非常聪明，学习诗文，过目不忘，除了能熟背四书五经，课余还读《水浒传》《三国演义》《西游记》《封神榜》等古典小说，经常爬上茶馆茶桌，手舞足蹈，绘声绘色地讲上述故事给茶客听，被誉为“神童”。倪勤叔见蒋百里如此聪慧，顿生爱才之心，知道他家境清寒，就对他的母亲说：“这孩子是可造之才，我愿教百里读书，不收束脩。”束脩便是学费。

十六岁时，蒋百里考中秀才。受维新思想的影响，渴望读到新书。恰逢双山学院购进了四大橱经、史、子、集和时务、策论、算学、格致等书。听到这个消息，蒋百里真如穷人得着了宝藏，请求老师早一两小时放学，让他到双山书院中看书。蒋百里如饥似渴地吸吮知识，以研读文学一类为多。

1901 年，方县令、林知府、陈监院三人共同出资，送十九岁的蒋百里东渡日本留学。当时中国留日学生已达三千人左右，大多思想激进，倾向革命。1902 年，蒋百里当选为中国留日学生大会干事，并组织“浙江同乡会”，又于 1903 年 2 月创办大型综合性、知识性杂志《浙江潮》。该杂志 32 开本，月刊，每期约八万字，行销国内。蒋百里为《浙江潮》所写的发刊词，情文并茂，传诵一时。鲁迅先生积极支持《浙江潮》，每期都寄回国内让亲友阅读，鲁迅先生的第一批作品《斯巴达之魂》等，即发表于《浙江潮》。身陷上海狱中的章太炎先生的诗文也在该刊登载，《狱中赠邹容》一诗万人争诵。

作为保定陆军军官学校的第二任校长，蒋百里的任职时间为 1912 年 12 月到 1913 年 9 月，一年时间不到，但蒋百里对保定陆军军官学校的影响，一直延续到军校关门，八年抗战的战场上，无数蒋百里将军在保定军官学校、陆军大学带出来的国防军子弟浴血沙场，成为中国军队高层指挥官中的柱石。

蒋百里任保定军校校长的时候刚刚三十岁，校长与学生之间是年轻人与年轻人的关系，他曾经留学日本和德国，思想开放，观念先进，敢想，敢说，敢干。他的上任，给昔日暮气沉沉的军校照进了一缕阳光，给期盼中的同学们带来了新生和希望。

蒋百里本身具有较强的爱国进步思想，他从甲午中日战争中洞悉到，中国已是富绅暮年，钱帛虽多，徒增邻国垂涎，体弱拳柔，不但美妾家眷遭人惦记，连房产财富也难以自保，国力衰微，兵力不盛，迟早要成为东西方帝国主义的盘中餐。他竭力主张在军事教育中要强调强兵、尚武、雪耻。

任职之后，他大刀阔斧整顿学校的秩序，校风、校纪、校貌焕然一新，濒临破产的保定军校展现生机。第一次召集学生集中训话，他对学员说："今日之谈陆军者，不曰德国，即曰日本。这两国我皆到过，其军队我皆考察过。"

学员听他这么说，都很服气，对他接下来要讲的，便欣然接受。

他接着说："他们的人也不是三头六臂，他们的办法，也没有什么玄妙出奇，本着爱国精神，上下一心，不断地努力，所以能有这样的成就。我相信我们的智慧能力，我不相信国家终于贫弱，我们的军队始终不如人。我此次奉命来掌本校，一定要使本校成为最完整的军校，使在学诸君成为最优秀的军官。将来治军，能训练出最精锐良好之军队。我当献身这一任务，实践斯言！万一不效，当自戕以谢天下！"

校场上响起学员雷鸣般的掌声。

他着手刷新人事，对专业不对口的教职员进行合理疏理，对任职吃力的，调整岗位；对出工不出力的，调离职位。同时，积极引进具有先进军事思想的留外军事人才，聘请当时的军事精英任教官，使学校精神为之一振。蒋百里注意学生的课业，凡是外国语与战术等课，绝对不准缺席。教官请假时，他便亲自代为上课。他身体力行，亲自督帅学生进行操练，改变军校原来陈旧的观念，亲自定制教学大纲。此外，他还下大力气搞精神教育，每逢星期六，蒋百里必集合全体教官和学员进行演讲会，讲述古今中外军事名人的言行，用以激励大家，励志成才。他自己签名赠送学员每人一册梁启超所著《中国武士道》，内容都是军人忠于国家、忠于职守的嘉言懿行。为了能和学员打成一片，他每天去食堂和学员共同进餐，同甘共苦，一扫以往官僚腐败的习气。绝大多数教官和学员发自内心地佩服这位年轻的校长。

蒋百里的积极作为，引起以段祺瑞为首的旧派军人的嫉妒和仇视，设置种种障碍，千方百计阻止蒋百里计划实施。蒋百里亲自携带兵科装备配置方案、教学教具、马匹、枪炮器械、弹药计划跑到陆军部交涉，各个部门的衙门老爷相互推诿，久拖不办。最极端的手段就是不给学校拨款。学校多次函电催要，不给答复。蒋百里亲自进京交涉，也没有结果。

让学生做的事情，学生做到了；该校长做的事情，校长却没有做到。蒋百里感觉无颜面对全校师生。1913 年 6 月 18 日凌晨 5 点，天刚放亮，保定军校校长蒋百里就召集全校两千余名师生紧急训话。他身着黄呢军服，腰挂长柄佩刀，足蹬锃亮马靴，站在尚武堂石阶上一脸沉痛："初到本校，我曾宣誓，我要你们做的事，你们必须办到；你们希望我做的事，我也必须办到。你们办不到，我要责罚你们；我办不到，我也要责罚我自己。现在看来，我未能尽责……你们要鼓起勇气担当中国未来的大任！"随后，蒋百里掏出手枪，对准自己胸部偏左的地方猛开一枪。

这一声无奈而决绝的枪声炸响后，让在场的师生和后世的军人惊醒，如若从军，手中没有一兵一卒，到底还是橡皮图章。枪声响后，校园里哭声一片。此事经报界披露，全国舆论哗然，纷纷指责陆军部及军学司。6 月 24 日，袁世凯发布命令对此事严加追查。

好在那一枪打偏了，蒋百里竟奇迹般生还。抗战初期出任国民政府陆军大学代校长，著有《国防论》，书中记述了蒋百里将军考察欧洲各国后，对第一次世界大战以来欧美列强经济、政治、军事、文化的总结，吸取西方新的军事理论和中国古代的军事思想，以阐明对国防建设的主张。全书共六篇，约十万字。在《国防论》和其他著作中，蒋百里阐述的对日战略，归纳起来有三：第一，中国对日不惧鲸吞，乃怕蚕食，故对日不应步步后退，而要主动地实施全面抗战，化日军后方为前方，使其无暇消化占领区，从而使日本无法利用占领的地区提高战力；第二，主动出击上海日军，迫日军主力进攻路线由东北—华北—华中—华南的南北路线改为沿长江而上的东西路线，从而充分利用沿江的山地与湖沼地利，抵消日军兵器训练方面的优势；第三，以空间换时间，行持久战，通过时间的消耗拖垮日本。具体做法为将日军拖入中国地理第二棱线，即湖南、四川交界处，和日军进行相持决战。《国防论》首创了持久战之说。

事实上，蒋百里虽然在1938年早逝，中日的战争发展，恰恰按照他的预料进行，反映了他对两国实力与战略态势的准确把握。他在逝世前不久发表的文章中，更掷地有声地提出了中国对日战略的指导方针："胜也罢，败也罢，就是不同它讲和！"

凭借这些理论，蒋百里被誉为我国近代军事理论第一人。

1921年，蒋百里将欧洲考察的成果写成一本《欧洲文艺复兴史》，请梁启超为这本书作序，谁知道梁大才子下笔便不能自制，洋洋洒洒一口气竟写了五万多字，跟原书的字数都差不多了。怎么看都觉得不妥当，关起门来琢磨了两天，另外写了篇短序给蒋百里。后来梁启超将这篇长序改写、充实，取名《清代学术概论》，反过来又请蒋百里作序。一时成为坊间趣事，到处流传。

金佛庄从蒋百里身上获得五点启示：

一是要研习军事理论，才可能克敌制胜，没有头脑的将军，跟草包没有区别，以军事理论武装起来的头脑，相当于在大脑中装入了现代版的《孙子兵法》，才能在瞬息万变的现代战争中根据战争实况，果断采取克敌制胜的措施。

二是要手握兵权，幕僚永远实现不了自己的军事理想。蒋百里终生没有亲自指挥过一次战役，在他职业生涯里，先后被赵尔巽、段祺瑞、袁世凯、黎元洪、吴佩孚、孙传芳、唐生智、蒋介石等聘为参谋长或顾问，只是充当高级幕僚，颠沛于诸侯，流离于谋臣策士之间，一辈子都是纸上谈兵，永远无法实现自己的理想。

三是要文武兼备，武以文为辅助，文以武得彰。蒋百里的军事论著《孙子新释》《军事常识》等出版后，成为军校教辅。金佛庄读后深受启发，一个善于思考和琢磨的军事将领，才可能让自己的士兵少流血，才可能在狭路相逢的时候先敌人一拍，快对手一步。

四是心胸要阔大，行为要沉稳，不能以一时之冲动，而自毁前程。蒋百里的自杀可以说是对中国当时军界、政界之绝望。金佛庄对此持否定态度。生逢季世，各种携私求利者比比皆是，若书生意气，意气用事，件件均以“自戕以谢天下”，你有多少条命，可供自戕？——你选择自戕，不仅不会警醒对方，反让对方笑落大牙。

五是百折不回，九死不悔的勇气和决心，军人要成就一番事业，须心怀天下，以天下兴亡、国事安危、民众的平安幸福作为毕生的追求。

这五点启示成为主导金佛庄带兵作战的根本思想。有此五点启示，金佛庄对即将从事的事业满怀信心。金佛庄心头的迷惘渐渐退去。

金佛庄在北京只作了短暂的停留，没有见到李大钊。在离开北京的时候，北国漫天的风雪越发凄惶凌厉，他的脑子已经不再迷离无依，而是一片晴朗，他对未来已经有了比较清晰的轮廓。他把《新青年》《东方青年》杂志仔细地打到自己的行李中间。离开旅社的时候，提的仍然是那个简单的藤条行李箱，但他分明感到比厦门出发的时候更有分量，沉甸甸的——里面装着中国的前途和未来。

第二章
溪边小立苦待月
远钟入枕雪初晴

温情冬暖

在北京时，金佛庄已倾其藤条箱里的所有衣物悉数穿到身上，走出屋外，依然觉得寒冷。寒风像携带了无数看不见的刀片的刽子手，肆无忌惮地削割着体温。在南方，金佛庄只会感觉冷，而在北方，冷得跟刀割一般疼痛。

到了保定，没有风，似乎比北京暖和了不少。到处白茫茫一片，还没有到十一月份，已经像模像样地下过几场大雪了。

刚走进门口，校工喊住了他，让他去取邮包。校工说邮包已经来了十多天，不见他人。

邮包是妻子严瑞珍从浙江东阳寄来的。粗略估算，大概应该是在中秋前后。包裹里有金佛庄越冬急需的方口布鞋，加棉带毛的帽子、口罩和围巾。这些都是南方人不可想象的越冬之物。针脚细密，做工考究。自家织的棉布，送去染蓝之后还特地浆洗过，布料上残留着南方植物特有的清香。

金佛庄心头阵阵暖流涌起，想当初自己还嫌弃过人家呢。

进入东阳县立中学读书的时候，金佛庄已经是十八岁的成年小伙子，到了结婚的年龄，由家里父母作主，给他订了一门亲。金佛庄起初没反对。男大当婚女大当嫁，就像树木到了春天就该开花，到了夏天就该挂果、秋天就该收获。后来，他听说未婚妻严瑞珍是个没有文化的农村姑娘，便显露出反对情绪，专门写了一篇《论婚姻问题》的文章反驳父母的意见。

只要不是偏激的父母，大多还是会顾及子女的感受的，如果孩子着实不满意，是应该考虑考虑孩子的感受，毕竟将来过日子是孩子们的事情。可金佛庄的家庭不允许，金佛庄在家中排行老大，下面还有三个弟弟两个妹妹。他家里从祖父那一辈起，三代不分家。这样家庭里的长嫂，虽不及皇帝家的皇后，需要母仪天下，但至少要宽厚贤淑、大度周全。老两口毕竟拥有几十年的人生经验，他们一致看好未来的儿媳妇严瑞珍。两代人几番交流谈不拢，气得金佛庄的父亲要拿旱烟筒打他。父亲对他说："你不要嫌她没有文化，只要人品好，等你将来出去做了事、有了钱，难道不好培养她读书吗？"母亲流泪对他说："你是一家的老大，老大要起到带头作用。下面那么多弟弟妹妹都把你这当大哥的看着的，你犟他们也跟着犟，个个都犟，你让我跟你爸怎么活呀！"自古忤逆不孝的人，最不受人尊重。母亲的眼泪软化了金佛庄的心。母亲对他说，不要先入为主，寻个机会远远打望一下，如果觉得不合适再拒绝不迟。

金佛庄自小行事周全，敬重长辈。他觉得母亲的话有道理。后世之人多半被一些书上关于那时婚姻的记录误导了，以为古代放到桌面上谈婚论嫁的规矩必定只有“父母之命，媒妁之言”一种，也就是两个小家伙结婚，主角是可以忽略不计的，进入洞房之前，对方到底是歪瓜还是裂枣，说不清，也不需要说清。其实在民间，还是比较开化的，谁的父母都不愿意孩子别别扭扭过一辈子。办法多的是，比如相约某天一起赶集，在街道的某个角落多逗留一些时辰，有意让两个年轻人多打望几眼；或者在市场上扮演农产品的买卖两方；或者上庙敬香，当着菩萨的面相互打望几眼，把最真实的一面露出来，谁也不敢没良心坑对方；或者让两个年轻人都到“八竿子”都还打不着的亲戚家贺喜祝寿，如此等等。

之前家里来了个瞎子，声称能够算卦，金佛庄从未见过，也不相信。深谙岐黄之术的金本兰也声称不信，让金佛庄的母亲赶紧找点东西打发先生走。母亲却不急着赶算命瞎子走。母亲说：“反正伸手不打笑面人，人家伸手容易缩手难，‘算’也要打发几斤米，‘不算’也要打发几斤米，不如让这位先生算算佛庄的婚事，会遇上什么样的女子，权当听说书人说书。”

见金佛庄的母亲这么说，金佛庄和他父亲不好反驳。金佛庄的几个弟弟妹妹开心得不得了，大的停下手中的农活儿，小的停止追打嬉闹，都挤到瞎子算命先生面前，兴味盎然地眼睁睁看着瞎子如何把他们的嫂子“说”出来。

瞎子说，男人娶女人，无关高矮胖瘦，关键看人品。女人长到十七八，坏心思还没有长成，一切性子都还是娘胎里带来的，因此此时女人的人品都摆在五官上，就看你识相不识相。长话短说，关键六点，六六大顺。第一要额头饱满，额圆为九善之首，应平滑光洁，高矮适中，宽窄适度。不可过于前凸，前凸则犟；不可太宽，太宽则野；如果太凹，说明脑子还没长满，只怕有些笨。第二要人中微微内凹而唇线清晰，人中上窄下阔，像滴水一般，说明性子端正，生育能力强。第三要耳朵饱满有肉，为人温厚，不争不妒。第四要眼神，眼神要温和而有定力，这样的女子内外兼修，内能操持家务，孝敬老人，外能辅佐丈夫，开明大度。第五要鼻子圆润饱满。第六要面白而脸型端正。女人是否旺夫，主要看以上六点。如果还能听其声，应声若流泉，清澈透亮；齿白如雪，口齿清晰。如果还能观其行，则步履轻捷稳重，举止端雅……

金佛庄起初对瞎子有抵触情绪。经瞎子讲那么大一通，句句都像启蒙老师，教导他如何择偶。在这之前他也曾想象过未来与自己相伴一生的女子的模样，彷佛除了好看还是好看，不得要领。经瞎子这么一说，茅塞顿开：原来挑选妻子，不仅“好看”那么简单，也不仅看她识字不识字，关键看品行，品行是持家的根本，更是家业兴旺的基础。各行各业都有奇人，瞎子算命，没有几句入心在理的话，大抵是无法靠卖嘴活命的。

瞎子对金佛庄的父母说，金佛庄会遇上什么样的女子，这是金佛庄的姻缘，姻缘天定。说完，要了几斤米的酬劳，像个行踪不定的神仙那样，飘然而去。

谁也不知道，这瞎子其实是金佛庄的母亲从大老远的地方专程请来的，连金佛庄的父亲都蒙在鼓里。

待到金佛庄与严瑞珍在集市上远远打望，金佛庄顿时幸福充盈，严瑞珍跟瞎子定下的标准一模一样。待到严瑞珍进了金家的门，几个小叔子小姑子眼睛大得赛过鸡蛋：他们的嫂子彷佛就是按照瞎子勾勒的样子雕刻出来的。婚后夫妻感情很好，一年前暑假结束返校，金佛庄把严瑞珍带到保定，同往军校，让严瑞珍去上蚕桑学校，去上识字扫盲班。训练之余，金佛庄教严瑞珍识字写字。严瑞珍聪明，很快便不仅能读报，还能写书信了。直皖军阀开战，保定军校不得不停办。金佛庄趁这段时机把妻子送回家乡安置停当后，转而去考了福建厦门大学。

又是半年多没有见面了。这么多年来，他们夫妻总是聚少离多，可不管金佛庄在什么地方，严瑞珍的心意，总会不早不晚在他最需要的时候来到身边。

跟几位要好的同窗见面打过招呼后，金佛庄开始写信，一封寄给妻子严瑞珍，两封托妻子转给父母和几个弟弟妹妹。

窗外大雪停住，天空似比刚才更明朗了。

保定的风向

先期抵达的同窗各自忙碌自己的事情，写书信，或者三五个聚在一起聊天。还没到食堂开饭的点，金佛庄到校外买了面酱和驴肉火烧，这是他在保定最喜欢的两样北方食物。保定的面酱质稠味甜，色泽鲜亮，红褐喜人，盛入碗中倒置不流。驴肉火烧外焦里嫩，所夹的驴肉量多而细嫩，吃起来回味无穷。

聊天的同窗依旧继续聊天，不同的宿舍形成不同的团体，所讨论的话题各个不一样，在同一个团体内部不时产生争论和争辩，有的争得面孔耳赤，很是不服气的样子。

有的在鼓吹资产阶级改良思想，宣扬阶级调和，鼓吹用渐进代替质变，用改良代替革命，主张通过阶级合作，在资本主义制度的范围内实行微小的改良，主张学习西方的政治制度，在中国实行君主立宪。

有的在谈论社会主义。关于社会主义的话题要复杂一些，有人认为中国目前没有真正的无产阶级，不可能发动真正的社会主义运动。有的认为，中国已经有数百万甚至上千万的无产阶级，只有通过革命推翻资本主义制度，建立无产阶级专政，才能实现自己的解放，改良不过是革命的副产品和辅助方法。

有的在谈论无政府主义，反对包括政府在内的一切统治和权威，提倡个体之间的自助关系，关注个体的自由和平等；其政治诉求是消除政府以及社会上或经济上的任何独裁统治关系，以建立互助、自治、反独裁主义的和谐社会为目的。

每一种论调似乎都有道理，每一种论调似乎都因为倡导者刚刚接触相关理论，就像刚刚学会摆渡的人那样，准备不充分，缺乏训练，难免手忙脚乱，别人多问几个问题就理屈词穷，恨不得再去找几本相关书籍来看看。

原来经历直皖战争后，军校纪律松弛，给这一群脑子里像装了小马达的年轻人留出了若干自由思考的空间。如果说从前这一批人是单单来学军事的，那么这时候已不再那么单纯了，此时这里大多数人的头脑里装着梦想，装着中国，装着整个世界。

此时，这里的大多数人都在追求信仰，他们在琢磨风雨飘摇的中国的前途和未来。

谁也没有意识到，正是他们今天还不能称为信仰的“准信仰”，引领他们走向不同的阵营，以致许多人后来成为战场上的对手。

在三个话题中间，除了因在北京读过李大钊、陈独秀的书而对社会主义有所了解之外，第一个话题他是不信的，康有为、梁启超早就尝试过了，资产阶级改良思想在中国行不通，终以失败而告终。

对于第三个话题，回想自己过去一年来的思想，这一时期，他几乎是无政府主义的忠实信徒。1918 年报考保定军校的时候，金佛庄只有一个念头：投笔从戎，报效祖国，让积贫积弱的国家早日走上和平安宁、富强文明的道路。那时他是理想主义者，他以为一旦进入军校，就至少拿到了改造社会的半张门票。到了军校才发现，自己不过是教官手下的一介学员，就像一粒沙落进了茫茫大沙漠，个人的力量是有限的。加上军阀混战，老百姓今天被这个军阀裹挟，明天被另一个军阀占领，不知道谁好谁坏，难说谁是谁非，反正谁来了都要重新开始交税收、缴纳军粮。有时候，头天刚刚缴完这帮人的赋税和军粮，第二天来了另一帮人，立马又得缴纳另一帮人的赋税和军粮，否则不是抢猪索牛，就是拆房子关押家人。你方唱罢我登场，小老百姓只有任人宰割一条命，已经没有活路。那时候他痛恨军人主宰的北洋政府和各地的诸侯，他向往无政府主义，希望回到老庄所谓的“无为而治”的小国寡民时代。他甚至冒出了一个极其冒险的念头：如果自己有足够的势力，拉起一支部队，占领一块地盘，外抗周边各种势力的鲸吞，内则保境安民，他一定会竭尽全力，让治下的百姓过上和平安乐的日子。但很快他便否定了自己的这个想法，眼前的现实告诉他，这是不可取的，当时各省自治便是例子，金佛庄已经看见诸侯割据的影子，“战国争霸”的乱世血腥局面，时刻都可能重演。

在军校一年级时，他读了不少克鲁泡特金的作品，他接受克鲁泡特金的无政府主义，关注人类每一个体成员的幸福与安宁，即“万人的安乐与自由”，因为这种无政府主义，最终指向的是公众的权利与福祉。那时的金佛庄认为，纵观中华五千年文明，历朝历代弊病的产生，都是由于国家和政府的存在。政府是一种强制力量，造成人们的屈从，而屈从是产生一切邪恶的根源。必须立即废除一切国家，建立一个以个人自由联合为基础的、以小生产者为主体的、不设立国家政府的绝对自由社会。

可是，克鲁泡特金的许多理论又不能解决他许多疑问，比如克鲁泡特金认为人们只应受自己意志的支配，提出“自由即至善”的口号，认为个人自由高于组织纪律，个人意志高于集体意志，个人利益高于集体利益，个人自由产生了社会秩序而不是社会秩序给人们以自由，等等。回想半年前，直皖大战期间，军校管理松弛，几近于无政府状态，投降的皖十五师被保定军校收留之后，便成了无政府主义的子民，皖系不会给他们开饷，直系却认为他们是败军，从没有把他们的军饷列入支付范围。可这一大帮人不仅要吃饭，还要养家糊口，数月不开军饷，就只有闹事泄愤。找不到皖系和直系的相应人员来出气，只好拿对他们只有恩而从无过错的保定军校出气，洗劫校舍、办公楼和食堂，纵火烧营房。

中国的民众是不可能不设政府的，一句谎言、一个谣言、一桩争斗、一场战争、一次失败、一场小小的风波，都可能使“自由即至善”在一瞬间变成“自由即毁灭”。

金佛庄自进入保定军校以来，已经经历了三任校长。这三任校长分别是第五任校长杨祖德、第六任贾德耀、第七任张鸿绪。每个校长都不同程度地影响了金佛庄的成长。目前，张鸿绪校长刚刚到任半年不到。

金佛庄进校那一年的校长是杨祖德，金佛庄非常敬佩这位校长，因为他继承了他的前任蒋百里、曲同丰等人的教学体制和教学大纲，严抓教学秩序、教学质量、教职员工的生活，深入课堂、操场、宿舍及教职工的家庭了解情况，解决问题。他具有丰富的军事教育底蕴，待人忠厚老成，具有长者风度，善于协调师生关系、教职员之间的人际关系及校长与各部门长官的关系，如教育长刘汝贤、炮兵科长张基、副官长梁清泉、骑兵教育长安俊才、骑兵队长何国柱、工兵教官蔡玉标等，都能与他协调工作，和睦共处。他执教的时间最长。这个阶段可以说是学校难得的黄金时期。

杨祖德还大胆进行教学改革。保定军校历来按兵科编队，分别进行教育训练，教官和科队长多聘留德、留日的学生及陆军大学和本校的优秀毕业生担任，队长为少校级，担任生活管理和本兵科的术科教练，军事教程由中校教官担任；技术课为劈刺、体操、武术等，由技术教官（一般是上尉）担任，另有技术助教辅助技术训练。至金佛庄第八期，杨祖德对学生编队做了一次改革，各兵种混合编队，一般的军事课和生活管理均在混合队，队长提为中校级，伙食也改为连队办理。骑兵和辎重科由骑兵科队长兼管，减少了兵种负责人，增加学生训练的项目，让每一个军校学生熟悉各个兵科的内容，以便将来成为战场指挥的多面手。

那时候，保定军校的学员每天至少有半天时间教授课程，除有关军事的战术、兵器、测绘、筑垒及典范令外，还有理化、数学、历史、地理等，每节课为一个半小时。典范令小册子是教练各项军事动作的准绳。普通知识和外语是辅助教育，聘文职教员担任，以充实学生的军事知识，为逐步全面学习各种军事演习准备条件。轮到术科训练，先在操场进行各种制式教练，再到各教练场演习。野外演习，由简入繁，再逐步进入全面联合演习。实弹射击有打靶场，乘马训练有马场，炮兵训练有炮场，工兵有土木工作业场、架桥作业场，爆破演习则选择不致造成危害的场所。辅助术科如体操、劈刺、武术等，都有专业教官，在大院进行。器械操在校后门外的器械操场进行。这些训练每课多为一小时，正式出操训练一般两小时，野外演习至少用半天的时间，科目复杂且远离学校时，则增加到一至数日。大演习还携带帐篷、炊具，在演习地组织生活。

每个学员每一天都能感受到自己在进步。金佛庄每天操练回来，还将每天学习的项目、感受和思考写在日记本上，当时他只是觉得这样做有利于就自身的发展作前后对照，更加清晰地看到自己的成长；多年以后他发现，在保定军校里写下的日记是他克敌制胜的金钥匙，因为当年未曾求得答案的问题、久久萦怀的思索，都在战场上找到了答案。而那时候的每一个答案都能帮助他在瞬息万变的战场上迅速果断地采取制服顽敌的有效对策，令他的对手被他收拾完了，还没有想清楚自己的问题究竟出在什么地方。

继杨祖德之后的第六任校长，是安徽合肥人贾德耀，日本士官学校三期生，曾任北洋陆军二镇参谋、骑兵二标标统、混成旅旅长、陕南镇守使、陆军总长、北洋政府国务总理、国民政府军事参议等。之所以把他那么多头衔不厌其烦地罗列出来，主要是为了传达一个信息：他似乎什么官都做过了，顶子上的珊瑚珠、胸前的勋章绶带多得他已麻木，对 1919 年 8 月到 1921 年 5 月到保定军校任校长已然无所谓，这个连从三品都算不上的官，燃不起他丝毫激情。因此，他任职期间，除了继承前任留下来的教程和教学规范，几乎没有新的内容。加之北方政局不稳，到直皖开战后，自己又没有一兵一卒，面对皖系十五师和曹锟的抢掠又没有过硬的对策，面子又没有大到两派军阀听见他的名字便肃然起敬、遇到保定军校便绕道而行的地步，致使军校停课大半年。好在直皖损毁军校的时候正值暑假，军校的学生没有在这场麻烦中丧生，否则，罪莫大焉。

直皖战争后，学校已近无存，再留在学校毫无意义，贾德耀便提出辞呈，回老家含饴弄孙去了。

金佛庄和他的伙伴们再次入学后，北京政府大权基本操在直系军阀曹锟手中，张鸿绪因与曹锟既是同乡又是北洋武备校友，便堂而皇之地当上了保定军校第七任校长。 张鸿绪本系军事长官，武夫脾性有余，而以文治校的想法几乎为零。 他对清末旧的军事教育尚有些研究与积累，但对德国、日本等新型军事教育却无深研和经验。 考试只能维持前几任校长打下的基础，军事教育他无新的建树，学习训练情况不好。 他上台后，有意排挤日本士官学校毕业的教官，使他们纷纷离职而去。 为了弥补教官的不足，张鸿绪吸收了一些清末各军事学堂的老教官到军校任教。 这些人年龄较大、学术保守、精神萎靡，严重影响了教学质量。 学生们很不满。 有个兵器教官，上课不讲课，专在黑板上写笔记，让学生照着板书抄写，然后摇头晃脑背诵，考试的时候也不看实践，只看纸上应答的文字。 学生们不甘做纸上谈兵的赵括，用各式各样的方法给他提意见，可这位教官偏偏不改，于是，有同学编了一则顺口溜讽刺他："兵器教官徐大眼，一上讲堂三不管，粉笔用了七八根，笔记写了几黑板。"

军校纪律松弛，一开始无政府主义思潮在校园内特别有市场，同学间兴起小团体之风，成立了"断金会"" 十八省大盟"，教风被淡化，学风疲怠。

马克思主义和资产阶级改良思想加入进来之后，三种思想最初在各自的小团体中讨论交流，渐渐发展到三种思想各占山头，各自啸聚一批人马，彼此互不买账，一有机会就相互辩论，各谈自己所信奉的主义是世界上最先进的理论。 这一时期金佛庄的思想观念变化最大，他认为保定军校最后一年，让他的人生发生了翻天覆地的变化。

第七任校长张鸿绪差不多就是个混日子的，顶多算得上是个"打酱油"的，不仅教学上无建树，学校管理也陷入空前绝后的混乱境地。他自己的薪水得不到保障也就罢了，学校长期欠教职员工的薪水，他却不主动与有关方面争取，也不想办法平息教员的不满情绪。衙门老爷作风无处不在，对于教员的交涉，张鸿绪倚仗同学曹锟，没把他们放在眼里，最终导致校长与教员的矛盾升级，大半年没有领到薪水的教员有的写信给最高政府，有的写给各地的报馆，有的去北京政府门前请愿。张鸿绪仗着自己人脉广大，通过不可告人的手段说动北洋政府有关部门，竟然批准了张鸿绪一手炮制的辞退陆军部军学司刘继光、任本昭等四位教员的报告。“我们要吃饭，我们何错之有？”之前没有起来发表意见的人此时都起来发表抗议。可张鸿绪因人脉广，几次交锋之后，依然没有改变刘继光、任本昭等四位教员被辞退的命运。

此事发生后，广大教员产生强烈不满，纷纷向校长递交辞呈，眼看军校快变成只有他张鸿绪一个人的学校，张鸿绪才稍作退步，被迫向教员们提出三个和解条件：“一、已撤之各员设法在陆（军）部谋相当之位置；二、对于六十四职员，表示办理不当，并道歉；三、欠薪力向当局催索，提前发放。”

经过这一场斗争，教员和校长已成路人——岂止是路人，简直就是敌人，相互不服气、不信任、不尊重的情绪到处弥漫，教员与校长之间已经无法共事，比较有名、教学成绩突出的教官如钱大钧、黄琪翔、戴联玺、杨正治、赵巽、梁济、毛福恩等，陆续离开了保定军校，保定军校元气大伤。

皖系十五师和曹锟的抢掠还只是外伤，这一次风波则成了保定军校的内伤，自此以后，保定陆军军官学校便走上了日薄西山的不归之路。

三任校长三种风格，也使军校的三种思潮在不同的时期各有侧重和突出。不少同学最初倾向这种思潮，经历一些事务之后，又变成了另一种思潮。他们的变化，既因自己的人生体验不断加深，更因时局的变化带给他们启迪。在军校的三种思潮中，金佛庄首先淘汰了资产阶级改良思想，接着放弃了无政府主义，随着对马列主义的深入了解，他的思想慢慢发生改变。这个转变的过程是漫长的，却也是越来越清晰的。

因在校园内部，没有直接参与社会，不同思想倾向的同学间不存在切身利害冲突，不存在你死我活的发展竞争，各种思潮在保定军校尚能相处共生，彼此相安无事。谁也没有料到，数年之后，当这些思想转化为信仰之后，不同信仰之间的矛盾，会变成你死我活的斗争。

永远的信仰

为了写好这位革命前辈，笔者先后到南京雨花台、江苏省委党史办、南京市委党史办和浙江东阳查找相关资料，每到一处都受到热情接待，负责同志想尽一切办法为我找寻有关金佛庄的资料，可是，苦于烈士牺牲突然，毫无准备和积累，牺牲时特别年轻，只有二十九岁，目前能够查到关于金佛庄早期经历的文字，只有金佛庄亲笔书写的《佛庄自述》。关于金佛庄是通过谁介绍加入中国社会主义青年团，已无任何历史文献记载。

遵照亦史亦文的做法，笔者选择了从外围入手，再向核心突破的写法，把金佛庄这个人还原到具体的历史时间中去、还原到具体的环境中，使人物形象立体饱满、有血有肉。经过半年多时间努力，笔者做到了。

就当时政治经济上的地位来看，保定市位于太行山北部东麓，冀中平原西部，与北京、天津、石家庄相距均不超过二百公里，历为京南重镇，畿辅要地。从古至今，商贾旅客云集，店铺酒肆林立，无论打店歇脚的商客，还是进京赶考的儒生，或是穷困潦倒的乞丐，三教九流，五行八作，混杂其间，人来人往，车马声啸，热闹非凡。

此地历来尊文重教，学风浓厚。同治九年（1870），于此建官刻印书局，曾印《畿辅通志》《保定府志》《清苑县志》和《四库全书》的一部分。光绪二十四年（1898），创办畿辅大学堂（直隶高等学堂），为保定第一所以理工科为主的高等学校。光绪二十八年（1902）五月，袁世凯在保定练新军，设陆军速成学堂和将兵学堂（后改保定陆军军官学校）、师范学堂、巡警学堂等。1904 年设立农务学堂，1905 年设立直隶学堂、法政学堂，以及测绘、军需、马医、医务等学堂。1906 年设直隶全省警务学堂、崇实中学、直隶女学堂。1909 年又创建直隶第二师范学堂、清苑中学堂和盲哑学校。1912 年开始，国民政府在此创办保定陆军军官学校。1921 年直隶农专（农务学堂）、医专（原医务学堂）、法律、法政、高等师范学堂合并，建立综合性的河北农业大学。

保定的教育，开全国风气之先，文化兴盛，使保定人和来到保定的人的思想都相当开化，能够接受新思想，并以新思想指导革命实践。1907 年，陈幼云等同盟会员在保定创办保定育德中学，培养青年先进分子，并作为河北省同盟会的机关驻地。1917 年，育德中学开设留法勤工俭学预备班，成为留法勤工俭学运动发祥地，李维汉、李富春为第一班学员，刘少奇为第二班学员。蔡和森、赵世炎、周恩来、李维汉、李富春、邓小平、陈毅、聂荣臻、蔡畅、向警予等一大批中国早期革命家都是从这里出发前往法国的。各种思潮都在此交汇，金佛庄有接触各种思潮的机会。

金佛庄对马列主义的接受是一个循序渐进的过程，其思想始终没有停止过思考和判断，也没有停止过选择和探索。从目前发现的金佛庄重回保定军校后写下的以《手段与目的》为主题的《佛庄日录》可以看得出，他寻求人生真谛的过程是经历过一番交锋和辩证的。

《佛庄日录》记载：有位“事学者”曾告诉他：“人之可贵者，在于思想，不有思想安有价值之人生。思想者实质也，体也；行为者形式也，用也。所谓人生，精言之，不外观念之积体。人生从事于概念之生活，即可揭人生之真粹，而谋所以促进之。”

金佛庄对于这种把思想、观念当作人生根本与实质的唯心主义世界观表示怀疑，持否定的态度说：“余谢领其训。则因思及柏拉图之观念论，并及黑格尔之理智主义之哲学。夫宇宙系概念而组织、排置之乎？ 康德统物质精神于悟性之上，所谓悟性系何物乎？ 康德所谓先天之形式者究有何义？”

金佛庄认为：“人生附物质而行，必然也。 然物质者精神之束缚也。 人生进行，一方解放物质之拘束，他方又建设物质以利我精神；卒之破坏不已，建设不已。”“人生不有所为则已，欲有所为，赤裸裸而奋斗必不可免。”这说明金佛庄已初步接受了视物质为精神之基础，同时又承认物质生活和精神生活相互制约、相互促进的辩证唯物主义世界观。

金佛庄不仅是位品行优秀的学生，深受教官的赏识，为人处世也很得体，举止儒雅，言行端庄，深受同窗的欢迎。 大家都喜欢与他交朋友，各派都愿意跟他说话。 他把日常交流中获取的信息加以分析，不需要花费多大的力气，他就能做出正确的判断，他开始研究社会政治学，开始信仰马克思主义。

他是在有了坚定的信仰之后，才进入中国社会主义青年团的，也是在树立了坚定的信仰之后，才加入的中国共产党。

在金佛庄的同学中，有一个叫郭俊的湖北人，两人关系最好，有共同的兴趣爱好。 那时候，中国共产党早期青年运动领导人之一恽代英在湖北武昌创办“利群”书社和“共存社”，“以积极切实的预备，企求阶级斗争，劳农政治的实现，以达到圆满的人类共存的目的。”恽代英销售进步书刊，团结进步青年。 郭俊与恽代英取得联系，利群书社的进步书籍源源不断地寄到保定，一批爱国军人被金佛庄与郭俊团结在一起，满怀报国思想，激情满怀，如饥似渴地学习、研究各种新思想和新学说，思考中国的未来和军人的作为。

当时，中国社会主义青年团的组织机构已经比较成熟。 1920 年 8 月，上海共产主义小组领导建立了社会主义青年团，吸收上海、湖南，浙江等地青年，学习马克思主义，参加革命活动。 刘少奇、罗亦农、任弼时成为这个青年组织发展的第一批团员。 上海社会主义青年团建立后，向全国各地的共产主义者发出社会主义青年团章程，倡议各地建立团的组织。11月，李大钊领导的北京共产主义小组，建立了北京社会主义青年团。此后，社会主义青年团如雨后春笋，在太原、武汉、长沙、广州等地纷纷建立起来。

1921年中国共产党成立后，对青年团的组织工作更加重视，决定在全国成立统一的青年组织。1922年的5月5号，中国社会主义青年团第一次代表大会在广州召开。大会的主要任务是制订青年团的纲领和章程，建立全国统一的领导机构。大会通过了社会主义青年团的纲领。纲领指出：中国社会主义青年团是“中国无产阶级的组织”，她的奋斗目标是在中国建立“一切生产工具收归公有和禁止不劳而食的初期共产主义社会”。大会选举了高君宇、施存统、张太雷、蔡和森、俞秀松五人组成团中央委员会。施存统当选为青年团第一届中央执行委员会书记。中国社会主义青年团第一次全国代表大会的召开，实现了社会主义青年团在思想上和组织上的统一。从此，中国社会主义青年团作为中国共产党的助手和后备军，在党的领导下，担负起团结和教育广大青年的光荣任务，带领广大青年积极投入到革命洪流中。

在金佛庄思想飞跃的过程中，中共一大以后出版的书籍起到了决定的作用，比如《共产党宣言》《经济学研究导言》《社会主义从空想到科学的发展》《社会主义史》等等，还有许多小册子和传单，如《一个士兵的故事》《工人的对话》《工会》《共产党人是什么样的人》等。

这些书刊传播了马列主义，对提高金佛庄的阶级觉悟，起到了积极作用。当时各地共产党员和共青团员对党的认识程度参差不齐，这些书为金佛庄提供了一条捷径，使他直抵共产主义的真谛。

在革命的书籍抵达保定的时候，革命的组织也紧随其后抵达了保定。1921年初，邓中夏在北京丰台的长辛店创办长辛店劳动补习学校，8月，作为中国共产党公开领导工人运动总机构的中国劳动组合书记部在上海成立，邓中夏担任北方分部主任，负责领导北方工人运动；11月出版进步刊物《劳动者》，在工人群众中宣传马克思主义。

革命的组织很自然会吸收和聚集革命的民众，而像金佛庄和郭俊等原本就已选择了马克思主义思想的青年，自然会成为其中的骨干力量。

金佛庄与郭俊同时加入中国社会主义青年团（中国共产主义青年团的前身），在加入组织前后，没有资料记载金佛庄是否跟邓中夏见过面，他是否是邓中夏直接介绍入团，不得而知。只有一个人是确切的，这个人叫王锡疆，有史料记载，王锡疆在1920年10月在邓中夏领导下建立保定社会主义青年团。金佛庄与郭俊在1922年前后入团时，与王锡疆有过非常密切的接触。王锡疆在1921年11月成立社会问题研究会，在分发、邮寄文件时，被反动当局截获，被军阀曹锟以宣传赤化的罪名，下令逮捕，在同学掩护下逃往北京，后来在游行中，为掩护同伴遭到军警毒打，造成颅内损伤，不久病逝，只有二十岁。

如果历史像卡式录音机那样，具有倒带功能，我们也许能看到金佛庄跟王锡疆一起分发传单、邮寄文件的身影，也许能看到王锡疆被军警追逼得走投无路的情况下，金佛庄的宿舍竟然起到了“租借”的作用。还能再现王锡疆逝去后金佛庄的悲痛。金佛庄从王锡疆的去世获得教训：干革命，细节决定成败，大多事情败露，纰漏往往出在细节上，革命绝非儿戏，胆子要大，心更要细，细若发丝还不够，必须细密得像铜墙铁壁。

从此，金佛庄开始投身于中国早期的共产主义运动。

金佛庄是一个有头脑的人，他对时局有自己的亲身经历和体会，加上军校系统所学的各种军事知识，他对自己的未来已经有比较清晰的预计，也有了非常明确的计划，那就是一定要掌握兵权，有一支部队掌握在自己手中。不仅如此，还要跟志同道合者联合起来，形成一股不可小觑的力量，始终不会抛弃自己的信仰，矢志不渝地沿着既定的目标探索、攀登、奋勇前进。

他和郭俊从改造社会、救国救民的宗旨出发，和校内四十多名志同道合的同学，组织了一个“壬戌社”，1922年即农历壬戌年，因为这一年暑期，他们第八期将毕业离校。在《金佛庄自述》中明确记载，他说准备通过这个组织，“罗致各省革命军人同志，以谋中国之革命。”

金佛庄的军事才能和领导才能到这时候逐渐凸显出来。考虑到壬戌社的成员“不久就要分散各处，不能聚首一堂互相亲口研究对付社会的方法了”，便主张“不能不先有一个准备”。因而提出了一个分成三阶段，逐步掌握军事实力以改造中国的方案：“第一步是个人的方法，其历程自（初级军）官至中级军官。第二步是部分的方法，其历程自中级军官，至据有势力之中坚人物。第三步是全体的方法，是中国改造的实现。”他还殷切地告诫自己的同志们，日后如果当真掌握了军事实权，决不能忘却和背叛革命的宗旨。金佛庄的这些宏论，是他已开始转变为共产主义者的时候所提出的改造中国的蓝图。正如他自己所承认的“这些方法，总有不完备的地方”，甚至是行不通的，但是，却充分显示了他以夺取全国政权，推翻封建军阀旧势力，彻底改造整个中国社会为己任的大无畏的革命精神。

壬戌社成员果如金佛庄所言，分阶段掌握军权，在推动中国革命的进程中，发挥了积极的作用。比如郭俊，于1924年，受共产党组织委派，与金佛庄一道奔赴广州，参加创办黄埔军校的工作。先后参加平定广州商团叛乱事件，两次征讨军阀陈炯明。1926年1月北伐开始后，郭俊被委任为第一兵站少将站监，主管第一军兵运、兵器、粮秣、被服、军饷、医疗等各项后勤工作，保证十万北伐大军的各项军需。期间，他与金佛庄二人作为北伐军中的共产党员，相互经常联络，相互支持。郭俊被调任第一军第二师第六团团长，所部属东路军。二人牺牲时间前后相距不到两个月。金佛庄牺牲于1926年末，郭俊牺牲于1927年。1927年1月，北伐军东路军进入浙江衢州，遭遇孙传芳残部顽抗。东路军前敌指挥部决定进行汤（溪）兰（溪）战役，扫清东进障碍。郭俊率六团攻打左翼，初战进展缓慢，鏖战数日，仍进展不大。最后将预备队、工兵统统投入战斗，终将顽敌击溃。后来追敌至裘家埠、邓家坪一线，敌军又凭借衢江的一条支流隔河坚守。他选一个排的精兵，趁夜泅水过河，解决掉敌哨兵，夺取敌前沿阵地的机枪，对敌军猛烈扫射。敌措手不及，全线溃败，这一仗俘敌三百余人，缴获山炮三门，机枪、步枪四百余支。但他不幸腰部中弹，因伤势过重，在转往衢州途中不幸牺牲。衢州各界民众为他举行了隆重的追悼会，国民革命军总司令追授他中将军衔。解放后，人民政府追认他为革命烈士。

第三章 天时人事日相催 栖鸟纷纷又满林

飞越云端

在“好铁不打钉、好男不当兵”的年代，选择当兵是需要勇气决心和毅力的。只有那些生而有梦的人，生逢乱世，才会选择从军救国。

保定陆军军官学校是当时中国有梦青年的梦想摇篮，她为实现这些人追梦的旅途奠定了坚实的基础。在这里，他们不仅练就了翻腾跳跃、摸爬滚打的各种能力，以及带兵打仗、克敌制胜的指挥能力和作战能力，而且，人生观和世界观都发生了翻天覆地的变化。如果说当年选择从军救国仅仅是中华男儿热血沸腾的血性本能，经过保定军官学校的培养和提升，他们有了自己的信仰和追求，都将为自己的信仰和追求而一生努力奋斗。

他们都不是简单的士兵。

跟金佛庄同为第八期学员的陈诚，后来成为国民党重要人物。现在台湾有人闹“台独”，其实“台独”不是什么新鲜事，国民党败走台湾之初就有人闹“台独”。为绝后患，陈诚任台湾省政府主席，坚决反对“台独”。1949 年 2 月发布命令，在台湾公布实施名为“三七五减租”的土地改革，农民以合理补偿的方式获得地主的田，通过国家主导的方式，以一种温和的补偿方式，将大量地主的土地分配到佃户手中，进而产生了大量的自耕农。主政台湾期间，在民生、军事、经济各方面皆有政绩，对促进台湾的发展，作用甚大。

陈诚的这些治世思想，难说不是在保定陆军军官学校就已形成的。当然，对陈诚来说，那是个让他亦喜亦忧的地方。当初进入保定陆军军官学校的时候，陈诚还不曾优秀，他是买了一张假文凭才获得考试资格的。可是就在 1920 年直皖开战、军校停办之后，他利用这个时间前往广州，接触了国民党，并成为国民党的忠实信徒。从此，他开始了极难评说的人生。

有信仰和追求的人与没有信仰和追求的人生是完全不同的。

不同的信仰，将把他们带入不同的阵营，将成就他们不同的声誉和作为，有的人注定名垂千古，有的人难免遗臭万年，有的人却成为一言难尽的人物。

值得一说的是，只要心中有信仰，行动上有追求的人，其一生绝不会籍籍无名。

当时，共产党和国民党都是欣欣向荣，蓬蓬勃勃。金佛庄比较过，中国共产党从 1921 年建立之初，就明确提出自己的纲领：一、革命军队必须与无产阶级一起推翻资本家阶级的政权，必须援助工人阶级，直到社会阶级区分消除的时候；二、直至阶级斗争结束为止，即直到社会的阶级区分消灭为止，承认无产阶级专政；三、消灭资本家私有制，没收机器、土地、厂房和半成品等生产资料；四、联合第三国际。

而国民党虽早在1912年8月25日就由同盟会正式改称国民党，提出通过“议会道路”实现“革命理想”，提出了“三民主义”，但其党纲始终是不明确的，直到1924年1月20日到30日，孙中山在广州主持召开中国国民党第一次全国代表大会，才通过了宣言和章程。

前者是准备充分的，一上来就有明确的目标，条分缕析，给人以信心和力量。而后者出现的时间虽然更早，却由于长期缺失纲领而目标不明确，行动缺乏准则，势必形成“公说公有理婆说婆有理”的混乱局面，这给后来二三十年代国民党同时出现南京和武汉两个政府，出现南昌、广州、武汉、南京、上海等多个“党部”并存的局面埋下了伏笔。从一定意义上讲，也为中华民国从建立到颓败短短三十七年时间连年战争、内外交困埋下了伏笔。

万事开头难，好的开端等于成功一半，两党从诞生之初，似已分出高下。

依靠深厚的马克思主义原理，金佛庄对时局进行了客观而有效的分析。后来的历史证明，金佛庄的这些分析完全是正确的。

金佛庄分析认为，相较于尚处于萌生发展阶段的共产党和国民党，北洋军阀几乎是一群装备精良的土匪，甚至连土匪都不如，因为他们个个都是帝国主义在中国各种利益的代理人，是一群政治买办。皖系、奉系是日本的代言人，直系是英国的代言人，各路小诸侯都有外国帝国主义背景。他们均以出卖国家利权，换取帝国主义的支持来扩充实力，进而建立反动统治，控制和操纵政权。他们割据称雄，拥兵自重，相互倾轧，连年内战，目的不是天下太平、国家统一安宁，而是为了争夺地盘和地盘上的赋税和兵源。他们举借内债，有借无还；苛捐杂税名目繁多至数十种，难以历数，而且年年增加。农民一年劳动所得，差不多有四分之三要拿出来付租税。如果农民反抗这种强盗似的、禽兽似的蛮横压榨，军阀便大肆屠杀，几十个村庄一批一批地烧毁，老弱妇女也不能免。这些军阀还要拉夫——强逼工人苦力到战场上去送死，强迫他们搬运几百斤的重担，像对待牛马似的鞭打他们。被拉去的夫子，不但一个钱也得不着，而且常要打死、饿死、做死。夫子做不动了，军阀便不顾他们死活，把他们丢了，甚至还要把他们枪毙。军阀封农民的船，抢农民的车，船夫车夫都得替他们当差。战争一起，纸币便要滥发了，什么国库券、金库券、二五库券又要大批地发出了。军阀不但强迫工农小商须得使用这种不值钱的纸币，还要强迫人民担负公债。因战争的关系，米盐油等日用必需品的运输都日益停顿，价钱一天天地飞涨。也因战争的关系，交通断绝，商业停滞，棉丝等等原料不能运到市场上来，工厂要关门，工人的失业更加一天天地增多。资本家只顾要自己不亏本，成批地开除工人，或者直接关厂，帝国主义遇见中国这种混战，更加可以乘机取利。比如河北省创行了烟酒牌照税和印花税，陕西眉县、宝鸡及西部各县，对所有农户，不论种否，一律征收鸦片税；湖南湘阴、石门等县，对违抗种烟令者，除罚洋以外，竟有处以死刑者。他们还滥发纸币票券，造成通货贬值，票券形同废纸，物价飞涨，人民生活困苦。其他如田赋预征，兵差折价，临时征发，岁时犒劳等等，无不出自民脂民膏，人民陷于朝不保夕、叫苦不迭、辗转呻吟的绝境。连当时的资本家都感到穷途无望，商人在混战中由于运输物资被扣，厘捐关卡勒索，市面不稳，币值混乱等等而感到不便，甚至蒙受损失。即使如既是实业资本家，又是政府官员和资产阶级政治代表的张謇也在《张季子九录·专录》卷九怨叹其处境是“若乘漏舟在大风浪中，心胆悸栗”。

要在乱中取胜，必须能力过人。金佛庄为自己拟制了一份人生计划。一是通过百倍的努力，迅速在军队中容身，成为军队骨干和优秀的指战员，以此作为实现人生追求的平台和基础。二是团结一切为使中华民族脱离苦难而努力的志同道合者，形成力量，以求改变现实。三是以共产主义作为追求目标，舍身为民，矢志兴邦。

冬去春来，天寒依旧。等到保定山花烂漫时节，已是一年中的四月天气，这是1922年春天。

心中有了明确的目标，行动就有了清晰的方向。即使在最后一年多时间里，军校在张鸿绪校长碌碌无为的治理下校风涣散，金佛庄仍旧刻苦练习军事技能，认真研习中外军事著作，分析时局，力图为多灾多难的中国寻找一剂起死回生、转危为安的良药。

这一时期是金佛庄思想飞速发展的时期。

如果说保定军校前三年的学习对金佛庄来说仅仅是从事职业生涯前的必要训练，那么最后大半年的学习则是金佛庄事业发展、理想和抱负得以实现的必要途径，因此他学得比任何人都刻苦。壬戌社成立以后，团结了许多志同道合的人，他们都想改变旧中国残破不堪的现实，还天下苍生一个太平盛世，可是，到底该从哪里下手、采用什么制度和方法，每个人都头头是道但又都不着边际。“壬戌社”也吸引了许多投机取巧的人，他们结社的目的是为了拉拢更多的关系，以便将来左右逢源。在没有毕业的时候，金佛庄已经意识到，一个没有明确纲领和行动准则的社团，虽然人数众多，实则是一盘散沙，很难拧成一股绳。

1922年7月，当保定军校迎来第八期学员的毕业季的时候，金佛庄已成长为一名知兵知阵、熟练掌握军事技能的年轻军官。不仅如此，他还是个有信仰、有主义的人。他以优异的成绩毕业，分到上海闸北护军使下当见习排长。

离开学校前夕，壬戌社举行了简短的送别聚会。许多同窗都跟金佛庄一样，不仅为自己的前途担忧，也为这个多灾多难的民族担忧。此时的中国，刚刚经历了第一次直奉战争。

1920年直皖战争后，直、奉两系军阀共同控制了北京政权。并共推靳云鹏组阁。后来，张作霖又迫使靳云鹏辞职，支持亲日的梁士诒任国务总理。受日本支持的奉、皖两系开始重新合作，并联络孙中山为首的广东政权，组成反直“三角同盟”。1922年1月，受英美支持的直系军阀吴佩孚，联合六省军阀，通电攻击梁士诒内阁媚日卖国，迫梁离职，直、奉矛盾日趋激化。1922年4月28日，奉系张作霖自任总司令，率十二万名奉军官兵发动总攻击，第一次直奉战争爆发。直系以吴佩孚为总司令，以保定为大本营，分头抵御。双方在马厂、固安、长辛店激战。当时直系有二十五万兵力，奉系有十七万兵力，双方均有海、空军参战。5月3日，吴佩孚改守为攻，将主力迂回作战，绕至奉系后方卢沟桥，致使奉军腹背受敌。5日，奉军张景惠部第十六师停战倒戈。卢沟桥、长辛店等要隘被直军攻占，中路奉军退至天津。张作霖下令退却，率残部出关。10日，徐世昌总统下令免除张作霖东三省巡阅使等职。此后，奉系在日本援助下重整军备，伺机卷土重来。6月17日，在英帝国主义干预下，直奉两系停战议和，签订和约。双方自19日始将军队撤退，终结战争。双方伤亡各一万余人。北京政府变成直系支持的政府——徐世昌在1922年6月辞去总统，梁士诒内阁由王宠惠内阁代替。直系请黎元洪再出任总统，准备召集旧国会，重新制定宪法，选举曹锟为总统。战争暂时结束了，但直、奉之间的矛盾并未得到根本解决，他们之间仍在酝酿新的战争。

军阀混战，各个军事势力此消彼长。多少参战人员直到战争结束还不知道孰是孰非，掉了脑袋都不知道自己干的事情是对是错。

金佛庄知道，自己不管在哪里任职，此时都只为“容身”而已，目的是为了等待时机。纷纷扰扰的乱世，人人思变。终究得人心者，天下归附。

见习期满，金佛庄被分配到浙江部队当见习军官，在浙军第二师陈仪部下任排长。

西湖会议

这里不得不提到中国共产党“西湖会议”，因为正是这次会议最终的决议，使金佛庄等一大批共产党人加入到国民党，使他们在孙中山主导的军队中，高举反帝反封建的民主革命大旗，本着推翻封建军阀统治、消灭残酷的封建剥削制度的宗旨，积极作为，开展了一系列轰轰烈烈的革命运动。

中国共产党成立以后，集中力量领导工人运动，掀起了中国工人运动的第一次高潮。从1922年1月至1923年2月，全国罢工达一百八十多次，其中主要的有香港海员大罢工和京汉铁路大罢工。香港海员大罢工取得了胜利，但京汉铁路大罢工却遭到直系军阀吴佩孚的血腥镇压，造成了震惊中外的“二七惨案”。中国共产党从“二七”血案中进一步认识到，没有强有力的同盟者，要战胜强大的敌人是不可能的。

为了帮助中国共产党发展壮大，共产国际建议中国共产党同国内资产阶级革命派合作，于1921年6月派马林来华指导工作。1921年12月，马林赴广西桂林会见了国民党领袖孙中山，双方就华盛顿会议、帝国主义和俄国革命等问题进行了讨论。马林与孙中山的第一次会见，为国共两党建立合作关系创造了良好的开端。随后，马林又通过在广东较长时间的实地考察，确认国民党是中共可以合作的真正的革命势力，根据国共两党的实力和孙中山的意向，断定共产党员加入国民党是实现国共合作惟一的形式。为此，马林建议中国共产党领导人同国民党进行“党内合作”。

但是，中国共产党的大多数领导人最初不赞成马林提出的“党内合作”的建议。1922年4月6日，陈独秀写信给共产国际远东局负责人维经斯基，明确反对马林的建议，陈述了如下理由：（1）中共与国民党革命的宗旨及所据之基础不同；（2）国民党联美、联张作霖、段祺瑞等政策和共产主义太不相容；（3）国民党未曾发表党纲，除广东以外，全国仍视它为争权夺利的政党；（4）广东实力派陈炯明反对孙中山甚烈，中共若加入国民党，立即受陈派之敌视，故在广东亦不能活动；（5）孙中山不能容纳新加入者的意见；（6）各地区共产党员均已开会决议，绝对不赞成加入国民党。根据这种情况，马林则建议，中共“改变对国民党的排斥态度并在国民党内部开展工作”，同时“必须不放弃自己的独立性”。

由于马林同中国共产党出现了原则分歧，决定返回苏联向共产国际请求指示。中国共产党根据当时国内外形势的发展变化和共产国际关于建立国共统一战线的建议，于1922年6月15日发表了《对于时局的主张》，提出邀请国民党等民主派及革命团体举行联席会议，共同建立一个反对封建军阀的民主联合战线。同年7月召开的中共二大，又确定了建立民主联合战线的策略原则。但是中国共产党始终反对采取“党内合作”的形式。

1922年7月上旬，马林正式向共产国际提出中共党员以个人身份加入国民党的报告，迅速得到共产国际主席团的采纳，并责成马林再次赴华执行促成国共两党建立革命统一战线的使命。7月18日，共产国际主席团决定：中共中央必须立即由上海迁到广州，所有的工作都必须在和马林的紧密联系下进行。8月初，共产国际作出了《给共产国际驻中国特派代表的指示》，指出：国民党是一个革命的政党，共产党在保持完全独立的情况下，必须加入到国民党里去，从事组织和宣传工作。

显然，中共二大通过的关于民族联合战线的决议精神，与共产国际的指示精神仍不相符。因为党的二大赞成与国民党实行“党外联合”，而共产国际则主张进行“党内合作”。

为了贯彻执行共产国际的战略策略，8月12日，马林带着共产国际所拟定的关于中共党员加入国民党的指示，开始了第二次中国之行。马林先与张太雷、陈独秀、邓中夏等中共领导人及张继、孙中山等国民党领导人，反复会谈国共关系和合作事宜。之后，在马林的提议下，中共中央于1922年8月28日至30日在杭州西湖举行了特别会议。陈独秀、李大钊、蔡和森、张国焘、高君宇以及马林、张太雷共七人出席了会议。

会议的中心议题是讨论与国民党合作问题。马林传达了共产国际的七月决定和八月指示。他指出：“国民党不是一个资产阶级的党，而是各阶级联合的党，无产阶级应该加入去改进这一党以推动革命。”马林认为，必须与国民党建立友好关系，我们的人应该利用左翼如廖仲恺等人去改变国民党的策略；他们应该加入国民党，但应保持自己的组织和报纸，并应继续在工人中建立自己的活动和组织中心。马林还认为，加入国民党符合列宁提出的民族殖民地问题提纲，并要求中共尊重共产国际的意见。在讨论中，大多数中央委员起初反对马林的建议，认为国民党是一个资产阶级的政党，中共加入进去，“乃混合了阶级组织和牵制了我们的独立政策”，也不符合共产国际二大的决议精神。通过马林的耐心解释与说服工作，多数中央委员为尊重共产国际纪律，勉强接受了共产国际关于中共党员加入国民党的提议。但对马林关于全体党员加入国民党的提议也作了部分修正。会议只决定部分共产党员，即中共少数负责人以个人身份加入国民党，同时劝说全体共产党员加入国民党。

会议对张国焘为首的“小团体”活动，提出了批评。张国焘在党的二大以后，试图使劳动运动独立于党的领导之外，“把组合书记部当成中央执行委员会的变形，一切事情由组合书记部发命令找活动分子去工作，不用经党的通过”。造成党的不团结，使之“分裂成了两派”，会议“取消了那个小团体”。

为了宣传党的政治主张，大力开展国民革命运动，会议决定出版中共中央机关刊物《向导》周报。《向导》周报于 1922 年 9 月 13 日创刊，蔡和森担任主编。该刊发行量最初为三千份。中央委员是该刊主要撰稿人。中共试图通过该刊影响国民党的政策。

西湖会议标志着中共政治主张的重大改变，即同国民党合作形式由“党外联合”转变为“党内合作”。这次会议部分地克服了党内存在的不愿意与国民党实行“党内合作”的观点，为党的三大确定全体党员加入国民党，建立国共合作统一战线策略方针奠定了基础。

会后不久，李大钊率先以共产党员身份加入了国民党。随后，陈独秀、张太雷、蔡和森、张国焘等中共负责人，也陆续加入国民党，并开始了帮助国民党改组的工作。

会议就在杭州召开，金佛庄还不是共产党员，虽然没有资格参加会议，但是作为驻地军队的长官，为会议的顺利召开做了许多工作。会议的决议第一时间传达到杭州党、团组织中。金佛庄是第一批获知西湖会议精神的人员。

正式入党

西湖会议后，一切都在向有利于国共合作的方向发展。金佛庄迎来了他人生中最重要的阶段。

金佛庄在杭州认识的第一个人是于树德。于树德负责杭州工作。在来杭州之前，于树德是社会主义青年团天津地方执行委员会书记部主任，1922 年受中共北京区委指派到杭州开辟工作。到杭后，他以杭州法政学校教师身份为掩护，积极开展建党工作。与此同时，作为中国社会主义青年团临时中央局书记的俞秀松也于 1922 年 4 月 13 日专程前往杭州筹建团组织。4 月 19 日，社会主义青年团杭州支部正式成立，俞秀松兼任支部书记，所属团员二十七名。这是浙江省第一个青年团组织，也是全国最早建立的十七个团组织之一。

于树德与金佛庄一前一后到达杭州。

当金佛庄到达杭州的时候，前来迎接他的，不是陈仪部队的士兵，而是于树德。

微雨的杭州为这两个年轻人找了一间温暖的茶室，落座之后，金佛庄才知道，眼前这位比自己大三岁的“教员”，早年曾加入中国同盟会，1911 年参加辛亥革命。后入天津北洋政法学堂读书，与李大钊同学。1917 年毕业，参与组织天津“新中学会”。1918 年考取公费，赴日本留学，入京都帝国大学学习，曾听河上肇教授讲学。1921 年回国，在天津参与举办工余补习学校，开展工人运动。同年冬，经李大钊介绍赴苏联，1922 年初在莫斯科出席远东各国共产党和民族革命团体第一次代表大会。不久回国，经李大钊介绍加入中国共产党。

相对于多次出国深造过的于树德，金佛庄的举止行为更具有本土特征。于树德颇具文官色彩，而金佛庄却文武全才。到达杭州后，仅用了很短一段时间，金佛庄的文武全才便被大家认可。

对于即将担任的职务，金佛庄只说了八个字：“身先士卒，善待战士。”

于树德对这位英俊沉稳的年轻军官投以敬佩的目光，顿了一下，他说：“要做到，不容易！”

金佛庄果然是这样做的。别的排长让小兵洗衣洗脚，他却与他的兵一起起早睡晚，一起训练；他要求士兵做到的，他第一个做到。表率的作用是无穷的，下面的班长见排长都这样，岂有不仿效的道理。不久，那些班长发现，从前靠辱骂和殴打才勉强树立起来的威信，现在在和睦友好的气氛中就完成。从前是别扭和惶恐的，如今是自愿乐意的。因为有军校学习功底，金佛庄绝不要求士兵蛮干，他从最基本的卧倒开始，既教士兵技能技巧，又耐心地用实例解释使用这些技能技巧的好处。

金佛庄武能上阵带兵，文能提笔成文，在当时整个中国文化程度不高的时代，这具有无可替代的优势。军队里有一大半的士兵不识字，好多人连自己的名字都不会写，给家人通信以前全靠营房外的字馆代写，态度不好，收费颇高。如今他们的长官不仅和蔼，还能随时替他们提笔书写家信，不收一文钱，不抽一支烟。信上言语畅达，替自己说了颇多温暖人心的话，规矩礼节一应俱全，士兵家中的长辈纷纷来信说，孩子到了部队懂事儿多了。不仅士兵不识字的人多，各级带兵的军官，大字不识几个的人也非常多，像金佛庄这样提笔就能写出文章的人，除了长官府上不多的几个高级幕僚，军队中简直凤毛麟角。

金佛庄不仅文章写得好，口才也很了得。金佛庄发现，如果不对士兵进行思想教育，不加以引导，他们就会把旧军队和旧军人那里代代因袭下来的陋习当成理所当然的习惯，他们会视蛮不讲理为常态，把帮派势力的大小、体格的强弱、拳头的软硬当作拥有话语权的筹码。要知道，这些士兵从前都是没有读过几天书的青年，来自不同的家庭，家教家规不一样，素质良莠不齐。如果不加引导，一个人的不良习气会影响一批人，大家的坏习气汇聚起来，整个队伍就成了乌合之众。与其他部队不同，金佛庄每周要对士兵训话一次，以活生生的事实，以发生在他们自己和家人身上曾经遭受的屈辱和欺压为例子，要求他的士兵勤恳训练，以便在战争中不丢命，能克敌制胜；要团结，在战场上，战友比自己的父母兄弟还要亲密，能够救自己的命，能够以命相搏；要遵纪守法，说话和气，买卖公平，行军驻扎要秋毫无犯，不打人骂人，不损坏庄稼，不调戏妇女，才会赢得老百姓的支持；服从命令，令行禁止；狭路相逢，勇者必胜。

金佛庄一次讲一个重点，每一次都讲深讲透，既教做人的道理，也讲处世之道。他的部下从士兵到长官都深受教益，部队的战斗力越来越强。

由此金佛庄也意识到，在部队里进行思想政治工作与战斗训练同样重要，二者相辅相成，相得益彰。有良好的思想基础，战士们才会心往一处想、劲往一处使，拧成一根绳。

金佛庄日常发布指令简洁明了，重点突出；调解矛盾的时候，能用很简单的话抓住问题的关键，三言两语，不费吹灰之力就能做通彼此的思想工作，化干戈为玉帛，双方再续友谊；在发表行动动员的时候，他慷慨激昂，热切鼓动，让士兵们热血沸腾，个个群情激奋，犹如猛虎下山。他不仅赢得了士兵的尊敬，同时也赢得了长官对他的信赖，不久他就从排长升为副连长，很快又由副连长升任营长。

别人每每官升一级，说话做事的腔调都在不断变化，只有金佛庄连升两级，他带的兵越来越多，他所管辖的军官也越来越多，不管是新朋友还是老朋友，他都一如从前，和睦友善，彼此尊重，对下级军官和士兵的合理要求，有求必应。金佛庄带兵时的果敢、坚强、有勇有谋，加上生活中的平易近人，使他声名远播，他的士兵愿意为他出生入死，士兵们都以能成为他的兵而感到自豪。他的名声也传到了当时杭州驻军高层的耳朵里，陈仪不止一次发出赞叹：此人是难得的将才！

在跟于树德交往一段时间后，经于树德介绍，金佛庄与中共上海地方兼区执行委员会徐梅坤（后改名徐行之）认识。中共上海地方兼区执行委员会的前身是中共上海地方委员会，兼管江苏、浙江党组织的发展，委员有徐梅坤、沈雁冰、俞秀松三人，徐梅坤奉命担任书记，沈雁冰就是著名作家茅盾先生。

徐梅坤是浙江第一个工人党员，他的入党介绍人是陈独秀。

1922 年 8 月，中共中央西湖会议通过了国共合作的初步决定。会后，为了推动浙江地区的国民革命运动，时任中共上海地方兼（江浙）区执行委员会书记的徐梅坤肩负着建立和发展地方党组织的重任回到了杭州。

徐梅坤来杭后，秘密发展党员。他首先把在沪杭铁路闸口机修厂工作的进步青年沈干城发展入党。沈干城早年在家乡小学执教，后受新文化思想的影响，放下教鞭当了机修厂的一名钳工。他考察各地职工运动，启发工人阶级觉悟，是当时闻名江浙一带的铁路工人运动领袖。

徐梅坤发展的第二名党员是金佛庄。徐梅坤认为金佛庄这个人很好，不但懂军事，文章也写得好、写得快，而且还会做士兵的思想工作，他带的兵文明守纪，军风军貌极佳，战斗力强，专程找他谈过几次。他问金佛庄：“愿不愿意和我们一起干？”

金佛庄与徐梅坤主张是一致的，就是通过革命，消灭生产资料私有制，并建立一个没有阶级制度、没有剥削、没有压迫的社会。

经徐梅坤介绍，金佛庄由中国社会主义青年团转入中国共产党，像一束火把照亮夜空，金佛庄的人生从此走上了一条光辉的轨道，从此开启了他短暂而光辉的革命人生。

金佛庄早就期待这一天的到来。

这样，金佛庄就成为党在浙江省建立的第一个地方组织——中共杭州小组最初的三个党员之一。

经过他们几个人的共同努力，杭州建党的时机已趋成熟。1922 年 9 月初的一天，天气已冷了下来，灰蒙蒙的空中刮着小雨。在杭州市皮市巷 3 号（现皮市巷敬业里 1 号）的一间屋子里，四位年轻的共产党员徐梅坤、于树德、金佛庄、沈干城围坐在一张方桌前，徐梅坤用低沉而庄重的声音说："现在，我宣布中国共产党杭州地方小组成立了！"于树德任组长，杭州地方小组隶属于中共上海地方执委兼区执委领导。这是浙江省最早建立的中国共产党地方组织。于树德、金佛庄、沈干城继续为壮大杭州地方小组努力。1923 年春，发展了徐白民、唐公宪、何赤华、倪忧天、郑复他等人入党，党小组同时扩建为中共杭州党支部。

中国共产党浙江地方组织的成立，是五四新文化运动以来，马克思主义传播和杭州工农运动蓬勃发展的结果，是浙江历史上的重大事件。中共杭州党支部的建立，标志着浙江的人民革命斗争进入了一个新的历史阶段，她为刚刚起步的新民主主义革命在浙江的推进与发展带来了新的生机与活力。杭州党小组是浙江地区建立的第一个党组织，这一点星星之火，乘着革命的东风，不久即在整个江浙地区形成燎原之势。

泄密入狱

中国共产党成立之初，与国民党相比，是有理论基础的。但这些革命理论与蓬勃发展的中国革命比起来，还不系统，还不完整。尤其关键的是，中国共产党早期干部都还是二三十岁的青年，热情有余而经验不足，思想还不够成熟。更为严重的是，数量太少，领导干部成了"紧缺资源"——五四运动为中共的发展壮大选择了一批可供培养的干部苗子，但是，待他们成长起来，是好多年以后的事——因此，所有中共党员都是在革命实践中逐渐成长起来的革命家，他们有一定的理论基础，他们更有丰富的实践经验，他们往往比书斋里培养出来的革命家更多一些实践精神，无处不体现出其信念的坚定。

只要不在驻地营房操练，金佛庄就会奔走在宣传革命运动的路上。杭州城里经常能看见一位年轻的军官，他奔走于学校、工厂和市民中间。那时候，中国社会主义青年团杭州地委在杭州组织了一个进步团体——杭州青年协进会，金佛庄是里面的中坚，利用聚会演讲，“宣传主义，鼓吹青年”“吸收同志，向外活动”。由杭州地方团组织安排，金佛庄先是参加进步刊物《协进》半月刊的编辑出版工作，接着为公开发行的《浙民日报》负一部分编辑责任，利用这个公开的舆论阵地，传播革命思想。

当时的北洋军阀惧怕革命力量，既痛恨国民党，也痛恨共产党。他们污蔑“共产党”不仅“共产”，还要“共妻”，是为妖孽。凡是信奉马克思主义的，都要抓起来，视其情节，要么关押，要么枪毙。金佛庄所从事的革命工作，只能秘密进行。

4 月杭州的春雨，为古老的街道增添了一份湿滑，也让墙角褐色的苔痕渐渐泛出了绿色。一连多日，金佛庄没有收到从一名杭州青年协进会会员那里寄来的书信，按照事先的约定，两天前金佛庄就应该收到书信，他不禁警觉起来。趁天黑前的一段时间，金佛庄对宿舍进行了一次仔细的整理，凡是有违时局的书信、文件、书报杂志，全部被他扔进火炉里。这些闪烁着思想光芒的纸张，给他的屋子带来了温暖和亮光。

不出所料，这天晚上的后半夜，一阵急促的敲门声后，一群身着黑衣的军警荷枪实弹，冲进他的屋子，不由分说把他绑了，然后把屋子翻了个底儿朝天，虽然一无所获，但终究还是把他带走。

纵使在那兵荒马乱的岁月里，没有足够的证据，军警也是不敢对一个军官下手的。

出了屋子，春雨正潇潇。回想下午的行动，金佛庄当时还觉得此举多余，现在看来，每一件预先考虑到的事情从来没有多余的，正如古人所说：预则立，不预则废。今天再看这话，古人无欺也。

金佛庄在脑子里回忆几天前写的那封书信，以及过去写的若干封书信，话题不外乎时局和国家的未来，涉及中共及其信仰的文字很少，这是他一贯的作风，可能授人以柄的话，能在见面的时候说就到见面的时候再说。因此，他对此次被捕充满信心。他知道，此行多半要吃些苦头，受些挫折，没有被他们抓到过硬的证据，只要有人说情，他不仅能获释，而且还能官复原职。

押解金佛庄的军警还没有走出营房，他所带的兵早就炸开锅了，有的拿起枪就要冲出去“把这帮只晓得自相残杀的鸟人统统干掉”。莽撞的行动很快被劝止；有的打算凑钱到警局换人，也被劝止：“金营长一直教导我们作战要勇猛，行动得三思，我们现在冲出去，虽然暂时搭救了金营长，却给他落下武装抗法的罪名，小事儿变成大事，如何洗脱得清？不如另图良策，找地方名望出面说情，四两拨千斤。”

说来也巧，这一年保定陆军军官学校老校长蒋百里的母亲去世，痛不欲生的蒋百里从北方赶回浙江海宁奔丧，他的得意门生唐生智与其他同学派龚浩为代表去海宁吊唁，用竹箩筐挑了银元作为丧葬费用从湖南送到硖石。蒋百里含泪作书，请梁启超撰写墓志铭，并在老宅附近建“怀萱堂”以为纪念。金佛庄入狱时，蒋百里的情绪已基本平复。后世所说的民国风流，蒋百里可算文武全才的代表，此时的蒋百里在“文”上的表现，是收到胡适和徐志摩寄来的邀请函，邀他一起创办新月社。对此，他表现出极高的兴趣，立即回函，表示愿意倾尽绵薄之力。此后，他与徐志摩结为至交。几年后，蒋百里被蒋介石关进监狱，感情充沛、容易激动的徐志摩还背起铺盖，哭着喊着要进去陪他坐牢。“武”上的表现，就是根据一路南下的所见所闻，分析日本对华的政策，认为日本对华发动全面战争是迟早的事，而就当时中国军事上的实力，可以说不堪一击，但是中国只要不选择投降，小小东洋小蚂蚁，最终吞不下大象。这为他后来提出“以空间换取时间”的持久战理论做了充分的准备。

求救信呈送到蒋百里的案头，这位同样爱结社、爱写文章、爱结交名流的保定陆军军官学校的老校长，以前从未认识金佛庄，一看信上金佛庄的表现，再派心腹到军队里去查探，立即对金佛庄产生了好感，他认为此年轻人与自己脾性相合，是志同道合的可结交的朋友。蒋百里虽无一官半职，但毕竟是社会名流，他遵从当时上流社会“对等交流”的原则，为表示对浙江督军卢永祥的尊重，便写信给时任全浙公会负责人的殷汝骊，请他与自己一起出面保释金佛庄。殷汝骊之前也不认识金佛庄，慎重起见，也派了心腹到军队里去查探，不探不知道，一探发现金佛庄是浙军中少有的将才。于是与蒋百里一起致函浙江督军卢永祥讲情，说“中国二十年来无此人才，公宜爱护之”。

卢永祥乃皖系军阀的台柱子，直皖战争之后，皖系势力大大缩水，卢永祥为保持浙江地盘，曾发表豪电，主张“各省自定省宪，实现地方自治”，在浙江成立“省宪起草委员会”。1922 年第一次直奉战争后，直系军阀把持北京政府。卢永祥与何丰林为了保持浙江、上海地盘，与张作霖、孙中山联络，结成“反直三角同盟”。

在刀尖下摸爬滚打大半辈子的军阀，深知千金易得，一将难求。乱世当道，年轻的军官有一些自己的想法，那纯粹是思想上的探索，思考的头脑虽然有时候难免走偏，毕竟有别那些僵化不开窍的榆木疙瘩。加之蒋百里和殷汝骊都是民国时期的重要人物，一个是著名的军事理论专家，一个要靠他筹集军饷。既然有这二人作保，正好做个顺水人情，便批示释放金佛庄。

卢永祥以为经历了此番教训，金佛庄会放弃在他看来是一时心血来潮的信仰，令他没有想到的是，此次入狱，金佛庄虽受了不少皮肉之苦，但斗争的经验更丰富了，他获得了至少两条重要的经验：一是光有信仰还不够，必须机智勇敢，光有机智勇敢还不够，谋事和行动必须细致入微，丝丝入扣；二是对于革命者来说，每一刻也许都是最后，要么取义成仁，要么全身而退，因此必须从思想到行动随时做好慷慨赴死的准备，只要不留下任何证据，就能为自己、为革命同志争取逆转厄运的可能。

出狱之后，金佛庄官复原职，他一一登门拜谢蒋百里和殷汝骊两位老先生，两位先生对金佛庄赞赏有加，鼓励他好好报效祖国。交谈中金佛庄发现，两位老先生对中国的未来都充满期待，但又各不相同，蒋百里先生希望通过军事来强国，可面对积贫积弱的国民经济一筹莫展，没有经济的有力支撑，军队无法完成招兵买马和购置枪炮的任务，通过军事来强国的希望，十分渺茫。殷汝骊则单纯地寄希望于商业，对国家和民族的未来，几乎全无打算。

他们都不知道中国不断发展壮大的无产阶级，将成为社会和革命的中坚力量。面对金佛庄关于中国革命中坚力量的述说，他们认为，这不过是年轻人异想天开而已。

几相比较之后，金佛庄的革命信念更加坚定，他意识到，中国共产党是当时最优秀最先进的政党，他的信仰是超越他所处的时代其他思想和潮流的。

自此以后，金佛庄革命的干劲更足了，采取的措施也越发隐蔽和高明了。

参加中共三大前后

中共三大召开于 1923 夏天，这次会议在中国革命历史上，尤其在国共两党历史上都具有极其重要的作用。

1922 年 8 月，共产国际代表马林回到中国，带来了共产国际关于中国共产党和中国国民党要实行党内合作的指示。8 月底，中共中央在杭州的西湖召开了一次会议，这是中国共产党历史上第一次特别会议。马林在会上强调，无产阶级应该加入到国民党里面去，“来改造这个党，来共同地推动国民革命。”会议经激烈争论，最后尊重共产国际的提议，通过了相应的决议。原则确定，只要国民党能够按照民主原则进行改组，共产党员可以加入国民党，以实现国共两党合作。

最初，孙中山对与共产党联合一事，态度并不是十分积极。就在这当口上发生了一件大事，给孙中山上了一堂生动的时事课。

1922 年 6 月，孙中山一直倚重的陈炯明在广州叛变，孙中山从危难中脱险，于 8 月回到上海。此事对他打击很大，使其陷于苦闷彷徨之中。他沉痛地说："文率同志为民国而奋斗，垂三十年，中间出死入生，失败之数，不可缕指，顾失败之惨酷，未有甚于此役者。"他不得不重新思索革命的出路，寻求新的同盟者。

事变之后，中国共产党雪中送炭，当即发表声明，支持孙中山，反对陈炯明。

当时，李大钊、陈独秀在上海会见了孙中山。经过一席推心置腹的交谈，孙中山深感共产党人是值得信赖的。他感叹道："国民党在堕落中死亡，因此要救活它就需要新鲜血液。"并主动邀请共产党员加入国民党。李大钊表示，自己是第三国际党员，是不能脱去第三国际党籍的。孙中山回答说："这不打紧，你尽管一面做第三国际党员，尽管一面加入本党帮助我。"李大钊因此成为最早加入国民党的共产党员。

同时，为了取得更广泛的支持，孙中山又和苏俄政府的代表越飞进行了深入会谈，并于 1923 年 1 月发表了《孙文越飞宣言》。此后，他的联俄、联共、扶助农工的三大政策逐渐形成。

在这段时间，中国共产党也经历了一番血的教训。1923 年的"二七"大罢工，受到北洋军阀残酷的镇压。工人阶级遭到一次严重打击。由此，共产党人开始认识到，工人阶级一个阶级的力量势单力薄。因此，中共转为主动自觉地建立统一战线，联合国民党共同进行民主革命。

为了实现党的民主革命纲领，与国民党合作建立革命统一战线，已经成为摆在中国共产党面前最紧迫的课题，于是，中共中央决定尽快召开党的第三次代表大会，以解决民主革命的策略问题。

中共中央决定召开三大后，各地根据中央的通知精神，按照民主程序进行了大会代表的推荐工作。当时中共中央下设北方、两湖、江浙和广东四个区，共推荐代表三十多人，此外，从法国回国的蔡和森、向警予，从苏联回国的瞿秋白也参加了会议。刘仁静作为出席共产国际第四次代表大会的代表，马林作为共产国际的代表出席会议。马林后来在向共产国际执行委员会、工会国际和共产国际执行委员会东方部远东局的报告中说："出席大会的代表来自北京、唐山、长辛店、哈尔滨、山东（济南府）、浦口、上海、杭州、汉口，长沙和平江（湖南），广州和莫斯科（旅苏学生支部）。"这些三大代表是经过党员选举产生的，代表着全国四百二十名党员。

金佛庄和杭州小组的另一位党员于树德被指定为浙江的列席代表，去广州出席了党的三大。那时候参加会议，旅费自己解决。金佛庄是军官，有军饷，旅费没问题。于树德直到临行前旅费还没有着落，临行前变卖一些别人委托代管的首饰，才得以购买了从上海开往广州的船票。

为安全和保密起见，代表们分批出发，尽量做到不乘同一趟车，不坐同一条船。北方区代表罗章龙撰文回忆那时的情景时说："我是先坐火车到天津，转乘海轮去上海，再坐船到广州的。到广州后，我们立刻换上了一套半长不短的'唐装'，一副广东人打扮。广东区委派有专人负责接待。当时广东区委对外的代号是'管东渠'。我没有固定住所，时而在谭平山家中，时而在广东区委机关，有时还住在第三国际代表马林的住所。我第一次到广州，道路很不熟悉，几乎每一次开会都有人来指引，带我们去会场。"

江浙区代表、时任江浙区委书记的徐梅坤在回忆文章中说："我和王振一是从上海坐船走的。和我们同船前往的还有李大钊、陈潭秋、于树德、金佛庄等人。……船不能从上海直达广州，途中必须在香港停留一天。到达广州后，广东党组织派人接我们。到达目的地后，我们发现毛泽东、向警予、蔡和森、张太雷、瞿秋白、陈独秀以及第三国际代表马林等同志都已经到了广州。因其他代表还没有到齐，我们休息了两天才开会。"

在大会正式开幕前，举行了两天预备会议。陈独秀、毛泽东、蔡和森、瞿秋白、张太雷、向警予及共产国际代表马林参加了预备会议。预备会议为党的第三次全国代表大会起草了党纲、党章和各项决议的草案，并对中央委员会的人选问题进行了讨论。

1923 年 6 月 12 日，出席三大的代表在广州东山区恤孤院后街 31 号聚齐，中共三大正式开幕。陈独秀在会上代表第二届中央委员会作了工作报告。

报告总结了二大以来的工作情况和经验教训，着重说明了关于中国共产党同国民党建立革命统一战线的依据和过程。他说："在上届代表会议上，我们同意远东人民代表会议通过的关于共产党与民主革命派合作问题的决议。情况的发展表明，只有联合战线还不够，我们又接到了共产国际关于加入国民党的指示。"陈独秀在谈到西湖会议时说："起初，大多数人都反对加入国民党，可是共产国际执行委员会的代表说服了与会的人，我们决定劝说全体党员加入国民党。从这时起，我们党的政治主张有了重大改变。以前，我们党的政策是唯心主义的，不切合实际的，以后我们便更多地注意了中国社会的现状，并开始参加现实的运动。"

报告最后检讨了中央和各地区工作中的缺点和错误，指出："我们忽略了党员的教育工作""许多知识分子怀着革命精神加入了我们党，但是对我们的原则没有认识。工人表现出有脱离知识分子的倾向，常常缺乏求知的愿望""宣传工作不够紧张，我们很少注意农民运动和青年运动，也没有在士兵中做工作。要在妇女中进行工作，女党员的人数也还太少""党内存在着严重的个人主义倾向。党员往往不完全信赖党。即使党有些地方不对，也不应当退党"。

报告在谈到中央委员会的缺点和错误时指出："实际上中央委员会里并没有组织，五个中央委员经常不在一起，这就使工作受到了损失。"在谈到地方上的工作时，报告表扬了湖南的同志，指出他们"工作得很好"。

陈独秀作完报告后，各地区委员会的代表分别介绍了本地区的工作。陈独秀又作了《中国时局和国际政治形势》的报告。马林作了关于国际形势与国际工人运动的报告。瞿秋白作了出席共产国际四大的报告。

关于国共两党的合作问题虽说是水到渠成，但在三大会场上，还是经过了激烈争论的。如今从荷兰保留的马林档案中，可以了解许多细节。在有关三大的笔记中，马林概括地记录了每一个人的发言。在对这个问题的争论中，出现了两种截然相反的意见。

陈独秀和马林认为：中国革命目前的任务，只是进行国民革命，不是进行社会主义革命；国民党是代表国民革命运动的党，应成为革命势力集中的大本营；共产党和无产阶级现在都很幼弱，还没有形成一个独立的社会力量。因此，全体共产党员、产业工人都应该参加国民党，全力进行国民革命；凡是国民革命的工作，都应当由国民党组织进行，即所谓"一切工作归国民党"，只有这样，才能增强国民革命的力量。他们强调国民革命是党在当前阶段的中心任务，不要忽视国民党和资产阶级的革命性；主张把一切革命力量汇合起来，实现国民革命。这符合列宁关于殖民地半殖民地国家的无产阶级可以和资产阶级暂时妥协与合作的策略思想。但是，他们低估共产党和无产阶级的作用，高估国民党和资产阶级的作用，会使党在同国民党的合作中降到从属地位，不利于保持党的独立性。

瞿秋白、张太雷等在发言中表示赞成马林、陈独秀的主张。瞿秋白的发言具有一定的代表性。他的主要观点是：1. 虽然资本家来自封建阶级，但他们在这个社会里已成为一个独立的因素。2. 没有无产阶级参加，任何资产阶级革命都不会成功。3. 中国资产阶级的利益不尽相同，可分两种。4. 我们的职责是领导无产阶级推动国民党，使其摆脱资产阶级的妥协政策。5. 如果我们——作为唯一革命的无产阶级，不去参加国民党，后者就势将寻求军阀、资产阶级和帝国主义的帮助。6. 国民党的发展，并不意味着牺牲共产党。相反，共产党也得到了自身发展的机会。

张国焘、蔡和森等代表则反对陈独秀和马林的意见。他们虽承认反帝反封建的国民革命是中国革命的重要任务，但认为共产党还有自身的特殊任务，即领导工人运动，同资产阶级作斗争，这两个任务同等重要，应当同时进行。他们反对全体共产党员特别是产业工人加入国民党，认为那样做就会取消共产党的独立性，把工人运动送给国民党。他们强调保持共产党的独立性和加强党对工人运动的领导的观点虽然是正确的，但是由于脱离了建立联合战线的任务，势必导致共产党的孤立。

不难看出，争论双方的认识都有正确的一面，同时又存在片面性。相比较而言，陈独秀等人赞成与国民党合作的意见，更符合国民革命的中心任务。

经过两天的热烈讨论，大会接受共产国际关于同国民党合作的指示，通过了《中国共产党第三次全国代表大会宣言》《中国共产党中央执行委员会组织法》《中国共产党第一次修正章程》和以下八个决议案：《关于第三国际第四次大会决议案》《中国共产党党纲草案》《关于国民运动及国民党问题的议决案》《关于党员入政界的决议案》《劳动运动议决案》《农民问题决议案》《妇女运动决议案》《青年运动决议案》。

大会通过的宣言指出："中国共产党鉴于国际及中国之经济政治的状况，鉴于中国社会的阶级（工人、农民、工商业家）之苦痛及要求，都急需一个国民革命。拥护工人农民的自身利益是我们一刻不能忘的，对于工人农民之宣传与组织是我们特殊的责任，引导工人农民参加国民革命更是我们的中心工作。我们的使命是以国民革命来解放被压迫的中国民族，更进而谋世界革命，解放全世界的被压迫的民族和被压迫的阶级。"

大会通过的《关于国民运动及国民党问题的议决案》，分析了国民革命的重要性，指出在半殖民地的中国，应该以国民革命运动为中心工作，以解除内外压迫。议决案还分析了国共两党的社会地位及国共合作的必要性："依中国社会的现状，宜有一个势力集中的党为国民革命运动之大本营，中国现有的党，只有国民党比较是一个国民革命的党。”“共产国际执行委员会议决中国共产党须与中国国民党合作，共产党党员应加入国民党。中国共产党中央执行委员会曾感此必要，遵行此议决，此次全国大会亦通过此议决。”议决案还指出：“我们加入国民党，但仍旧保存我们的组织，并须努力从各工人团体中，从国民党左派中，吸收真有阶级觉悟的革命分子，渐渐扩大我们的组织，谨严我们的纪律，以立强大的群众共产党之基础。”为此，中国共产党“须努力扩大国民党的组织于全中国，使全中国革命分子集中于国民党，以应目前中国国民革命之需要”。

大会通过的其他决议，也体现了国民革命的这一精神。

大会最后改选了中央执行委员会。陈独秀、蔡和森、李大钊、谭平山、王荷波、毛泽东、朱少连、项英、罗章龙为中央执行委员会委员，邓培、张连光、徐梅坤、李汉俊、邓中夏为候补委员，组成新的中央执行委员会。由陈独秀、蔡和森、毛泽东、罗章龙、谭平山组成中央局，陈独秀为委员长，毛泽东为秘书，罗章龙担任会计，负责中央日常工作。其余四名中执委分驻京、粤、鄂、湘四个地区：李大钊驻北京、谭平山驻广东、项英驻湖北、朱少连驻湖南。中央局下设组织、宣传、妇女等各部门，毛泽东负责组织，蔡和森、罗章龙、瞿秋白负责宣传，向警予负责妇女。

这样，共选出了十四人组成新一届中央领导成员，但候补执行委员李汉俊从未到职，张连光也没有到职，不久携款潜逃，这两人应当排除。这样，实际上参与第三届中央委员会领导工作的是余下的十二人，毛泽东是首次进入中央领导核心。

三大完成各项议程后，于6月20日闭幕。最后一天，共产国际代表马林和陈独秀提议代表们唱《国际歌》，但由于会场附近居民较多，为安全起见，全体代表来到黄花岗，由瞿秋白带领大家齐唱《国际歌》。这是中共党代会史上第一次唱《国际歌》。此后，在闭幕式上唱《国际歌》的做法，为历届党代会和其他重要会议所沿用。

作为列席代表，金佛庄参与了三大列席代表应参加的每一个环节，对党的工作有了全面而深刻的认识，他终于见到了党的主要领导和共产国际代表。

会议期间，金佛庄与周恩来、陈延年、包惠僧、李之龙、林伯渠等多有接触。周恩来对金佛庄印象很好，两人长谈了两次。

党的第三次全国代表大会在党的历史上有着重大的历史意义，它根据马克思列宁主义的策略原理和我国的具体情况，正确地制定了与国民党建立革命统一战线的方针和政策。这一策略方针的确立，使党能够团结各民主阶级的力量，开展反对帝国主义和反对封建军阀的革命斗争，大大加快了中国革命的步伐，为轰轰烈烈的大革命做了思想上、政治上和组织上的准备。另一方面，这次大会在批判党内“左”倾错误的同时，对国民党估计过高，对无产阶级力量估计过低，对革命领导权问题没有明确的认识，对农民问题和革命军队问题也没有给以应有的注意，右倾错误已见端倪。经过这次会议，金佛庄革命观念更加成熟了，面对大是大非，他能及时准确地作出判断，采取正确的措施。

会上，中共江浙区区委书记徐梅坤曾在当时的党中央委员毛泽东面前极力推荐过金佛庄，说这是个很有用的人才，需要的时候马上就可以调他出来。

据中国共产党上海地方兼区执行委员会 1923 年 8 月 5 日第六次会议记录，1923 年 8 月 5 日，毛泽东代表党中央出席指导中共上海地方兼区执行委员会的第六次会议，在讨论当时正在酝酿之中的江、浙军阀混战的军事问题时，除决议“上海、杭州两方同时做反对战争运动，以‘反对战争，武装民众’为口号，由国民运动委员会负责办理”外；并根据毛泽东的提议，决定密令“金佛庄同志相机作反对战争之宣传，应随营上阵，不可失掉原有位置”，以便尽力设法保存自己在军队中的实力，今后可为革命所用。

1924 年 2 月 21 日，金佛庄代表杭州的党组织去上海，向中共上海地方兼区执行委员会的王荷波报告杭州的革命情况。

第四章
楼外天寒山欲暮
一窗明月四檐声

夜袭惊醒梦中人

孙中山最初非常倚重陈炯明，委以粤军总司令的重任。

但他们的合作从一开始就注定要以分道扬镳而告终，原因是他们各有各的人生信条，或者说奋斗目标，再或者说是信仰。他们都在为自己的信仰而活着。那是个每一个人都能为自己的信仰而奋斗努力甚至倾其一生努力的年代。

孙中山的信仰无需赘言。陈炯明背叛孙中山，是因为他跟孙中山从一开始就不是一条道上的人。

五四运动后，一些文人学者认

为，既然南北政府都无力统一全国，与其连年征战，不如各省先行自治，把自己的事情办好了，再实行联省自治。如此便可以不通过武力而最终实现全国统一。“联省自治”是一个舶来的主张，来自于北美，北美十三州经独立战争脱离英国后，经由十一年高度地方自治的“邦联”，进而建立“联邦”，这就是联省自治。北美的成功经验似乎为久经战祸、渴望和平统一的国人提供了另一可行选择。因此，联省自治的主张一经提出，不仅风靡南方各省，而且迅速波及北洋政府治下的北方省份。

陈炯明对联省自治尤为心驰神往，只要有机会便津津乐道。1921年2月，他在《建设方略》一文中，详细解释了自己的政治见解：“近世以来，国家与人民之关系愈密，则政事愈繁，非如古之循吏可以宽简为治，一切政事皆与人民有直接之利害，不可不使人民自为谋之。若事事受成于中央，与中央愈近，则与人民愈远，不但使人民永处于被动之地位，民治未由养成，中央即有为人民谋幸福之诚意，亦未由实现也。”

然而孙中山成立正式政府和选举总统的主意已定。1921年1月12日，非常国会在广州复会。孙中山号召国民党人像推翻清政府、袁世凯那样，再发动一次全国性的革命，来推翻北洋政府，打倒军阀，统一全国，建立民主共和国。他宣称：“北京政府实在不是民国政府。我等要造成真正民国。”

而陈炯明则像与孙中山唱对台戏一样，力主“保境息民”“联省自治”，鼓吹建立“联省自治政府”，致力于以和平协商的方式统一中国。

陈炯明因此被孙中山免去广东省长、粤军总司令及内务部总长三职，保留其陆军部总长一职，陈炯明离广州赴惠州。

1922年6月1日，孙中山在韶关誓师北伐，第一次北伐誓师大会在韶关教场（今中山公园内）举行，孙中山亲临大会，主持誓师。他在大会上慷慨陈词，强调了北伐、统一中国的重要性。随后，北伐由韶关出发，兵分三路；左翼以许崇智粤军第二军为主力，由南雄出江西信丰；中路为北伐主力部队，以李烈钧率领的粤军第一军第一师、滇军朱培德旅、赣军李明扬旅、沿大路直出梅关；右翼为粤军黄大伟部，由仁化出南安（江西大余）挺进江西。三路北伐大军共约四万人，直指赣州，打开北上的大门。孙中山为鼓舞北伐军士气，亲自率大本营警卫团由韶关到南雄前线督师北伐。北伐军以势如破竹之势攻下赣州，前锋已接近吉安。

陈炯明虽然被解除了职务，但他在广东军政各界的势力依然存在，部队仍然听他的，为了把孙中山赶出广东，6 月 13 日，陈炯明密下对孙中山的总攻击令。

6 月 16 日深夜，陈炯明派重兵围攻广州总统府，炮弹打破了总统府院内的宁静，睡梦中的孙中山、宋庆龄夫妇突然惊醒，在众人的劝说下，孙中山夫妇先后躲离总统府脱险，辗转于第二天登上停泊在广州白鹅潭附近水面的永丰舰。枪林弹雨中，正在怀孕的宋庆龄在奔跑中不幸流产，这是孙中山夫妇婚后唯一的孩子。

当时，在孙中山这位大元帅麾下，名义上有杨希闵的滇军、刘震寰的桂军、谭延闿的湘军、许崇智的粤军、李福林的闽军、樊宗秀的豫军、路孝忱的陕军、李明扬的赣军等很多旧军队，但他们并不服从元帅府的指挥，各霸一方，把持税收，设娼设赌，无恶不作，反而造成元帅府经济无来源，万分拮据。

陈炯明的炮弹使孙中山痛失爱子，但是，使孙中山从此清醒地认识到，利用一个军阀去打倒另一个军阀，是不能取得北伐胜利的。孙中山决定改组国民党，从此，开始了“联俄、联共、扶助农工”的伟大思想转变；也催生了孙中山革命事业中最辉煌的成就——一个“骄子”出世，这就是黄埔军校。

共产党人与黄埔军校

1924 年 1 月 24 日，孙中山以军政府大元帅名义正式下令筹建陆军军官学校。

黄埔军校宣告成立后，面临着多方面的困难，由于经费拮据，武器奇缺，孙中山曾批准发给黄埔军校三百支毛瑟枪，但兵工厂最初只能发给三十支，勉强够哨兵放哨用。这时，苏联政府给予大力支持，在人力、物力、财力等方面施以无偿援助，帮助黄埔军校渡过难关。据统计，第一次拨款十万卢布作为开办费，同年，又给广州政府四十五万卢布作为编练新军的费用。苏联先后无条件地拨交黄埔军校的开办费共计二百五十万卢布。第一次运给军校的枪支八千多支，子弹四百多万发，以后逐年增加。先后六次为军校运来大批的枪炮弹药，计有步枪 51000 支，子弹 57400 万发，机枪 1090 挺，从根本上保证军校的训练、建军及其军事斗争的顺利进行。

黄埔军校中分别成立了国民党特别党部和共产党特别支部。前者是公开选举的，后者则是半公开、秘密的。

国民党规定，凡黄埔军校学生都是国民党党员。黄埔军校中的共产党人是在第一次国共合作的旗帜下，为响应国共两党的革命号召，献身反帝反封建的伟大斗争，投奔黄埔，且加入国民党。

黄埔军校中的共产党员主要有以下三种来源：一是组织指派，在军校筹备时期，中共中央发出通告，指示各地党组织迅速多送共产党员、共青团员和国民党左派来报考；二是共青团员“升党”，共青团员进校以后迅速成长，经过“升党”仪式转为共产党员；三是发展在校的革命师生入党。据周恩来回忆，早在军校仅有六百多名学生时，只有共产党员、共青团员五六十人，占十分之一；到第一期学生毕业分配时，已迅速提高到六分之一。黄埔军校的政治教官几乎全部都是中国共产党人。

1924 年暮春时节，广州已经热起来了。根据党的指派和组织的安排，金佛庄离开了浙江部队，从上海乘船抵达广州。同时受党组织委派前往黄埔军校的中共党员还有茅延桢、郭俊、胡公冕等，他们均以军事干部身份参加广州黄埔军校的创建工作。同年 6 月 17 日，金佛庄被任命为军校第一期第三学生队上尉队长，茅延桢被孙中山称为安徽的小才子，被委任为黄埔军校第一期第二学生队上尉队长；郭俊被委任为军校第一期第三学生队第一区队长；胡公冕任卫兵司令。

在浙江东阳横店金佛庄纪念馆里，有一块佩戴的编号为 1069 的黄埔“学”字证章。这是金佛庄担任第三学生队队长时佩戴的证章。

他们在各自的岗位上发挥了不可替代的作用。金佛庄曾在上海和浙江做过基层军官，又是保定军校的高材生，既有理论基础，又有实践经验，知道学生士兵想什么、缺什么，因此这项工作对于他来说得心应手，金佛庄充分发挥了自己在保定军校所学得的丰富军事知识，一意训练革命的军事人才，尤努力于政治工作及党务活动，因此深受黄埔军校首任党代表、国民党左派领袖廖仲恺先生的器重。金佛庄待人诚挚谦逊，做事扎实可靠，身先士卒，既作表率，又做导师，第三队被他管理得井然有序，英才辈出，比如后来鼎鼎大名的陈赓、曹渊、杜聿明、关麟征、郑洞国等人，均出身该队。

黄埔军校的学生每天的生活是“三操二讲”，即三次出操两次讲课。分步兵、工兵、炮兵、辎重等科接受教育。除了下雨，学生每天都要列队环绕长洲岛做十多里的马拉松式跑步。校内的大厅、走廊、讲堂、操场、饭厅，甚至厕所里，到处都是醒目的“碧血丹青”“卧薪尝胆”之类激励人心的标语。年轻人聚集在一起，欢乐多于忧愁。在紧张的训练之余，他们总是积极友善地生活着，晚饭后学生们在操场上席地而坐彼此拉歌，第一队刚唱罢，第二三四五六队紧随其后，比洪亮，比齐整，唱出了整个队伍的凝聚力和向心力。有时候广东人唱粤语歌，苏南人唱弹词，山东人讲评书，客家人唱山歌，自编自演，来自五湖四海的兄弟姐妹在这里找到自己的存在价值。

欢声笑语中，有的同学敲着饭碗给当时最流行的《国民革命歌》曲谱填了新词：“肚子饿了，肚子饿了，要吃饭，要吃饭，随便弄点儿小菜，随便弄点儿小菜，鸡蛋汤，鸡蛋汤！”同学们笑得遍地打滚，眼泪都笑出来了。因为明白晓畅、幽默风趣，后来大家齐唱，让整个操场充满了生趣。

《国民革命歌》的旋律与著名童谣《两只老虎》(香港名为《打开蚊帐》)相同，由黄埔军校政治教官、国民革命军政治部宣传科科长、共产党党员邝鄘作词，歌词是：打倒列强，打倒列强，除军阀，除军阀。努力国民革命，努力国民革命，齐奋斗，齐奋斗。工农学兵，工农学兵，大联合，大联合。打倒帝国主义，打倒帝国主义，齐奋斗，齐奋斗。打倒列强，打倒列强，除军阀，除军阀。国民革命成功，国民革命成功，齐欢唱，齐欢唱。"打倒列强，铲除军阀"成为北伐的重要目标，意在建立独立统一的政府，结束动荡和军阀割据的局面。

训练的疲累在这样的轻松幽默中化为无形，稍事休整，又进入庄严肃穆的教室或龙腾虎跃的训练场。

共产党人陈赓、赵自选、郭一予、樊崧华、宣铁吾、周启邦均是金佛庄任队长的第三队学员。经金佛庄教导，这些人后来都成为中国革命的栋梁。

陈赓的祖父为湘军将领陈翼怀。1903年2月27日陈赓出生于湖南湘乡龙洞乡泉湖村，在新学堂里读过高小，不到十四岁进入湘军鲁涤平部第六团，1922年加入中国共产党。1923年12月考入广州陆军讲武学校。次年5月与同乡宋希濂一起考入黄埔军校，成为该校第一期学员，被誉为"黄埔三杰"之一，当过孙中山的侍卫，并于10月参加平定广州商团暴动。1925年留任黄埔军校参加了东征陈炯明的战斗，并任蒋介石侍卫参谋，其间曾经救过蒋介石。之后赴苏联学习间谍技术，回国后参加南昌起义、长征、抗日战争、解放战争，为人民的解放事业立下汗马功劳。1951年出任中国人民志愿军副司令员参与指挥抗美援朝。回国后任人民解放军副总参谋长、国防部副部长等职，1955年被授予大将军衔。

赵自选于1924年春加入中国共产党，做地下交通工作；同年夏被中共湖南区委推荐考入广州黄埔军校第一期。11月毕业后，奉命参与组建大元帅府直属铁甲车队，任军事教官，曾随队赴广宁县支援农民运动。1925年2月带队攻打地主民团占据的茶坪岗获胜。不久调任广州国民政府航空局飞机掩护队党代表。

郭一予于1923年加入中国共产党，曾在中共湘区区委创办的长沙平民学校任教务主任，与毛泽东、何叔衡共事。1924年春由何叔衡、夏曦介绍投考黄埔军校。

樊崧华原来是在浙江学水产的，宣铁吾原来是杭州搞印刷的，周启邦原本在上海从事邮政工作。

共同的信仰把他们召集到一起。

金佛庄因为人谦和，活泼聪颖，遇事反应敏捷，判断准确，应对措施高明得体，在军校的师生中，也颇有威信。1924年7月6日，他被推选为黄埔军校国民党特别党部五名执行委员之一，成为周恩来在军校的得力助手。五名执行委员分别是蒋介石、严凤仪、金佛庄、陈复、李之龙。

其间，他为贯彻党的三大决议，发展国共合作的革命统一战线，做出了重要贡献。他还积极支持和参加了以共产党员、青年团员为骨干的“中国青年军人联合会”，与这个组织的主要领导人蒋先云、周逸群、王一飞、陈赓等人一起，对军校的国民党右派及其所操纵的“孙文主义学会”进行了针锋相对的斗争。

两条路线的斗争

黄埔军校是参照苏联军校建立起来的军校，无论是编制体制还是军事教育训练，都深深打上苏联军队的烙印。

黄埔军校校长蒋介石欣赏苏联的建军经验，却反感苏联的政治制度。这位蒋先生后来在中共媒体上一度被谑称为“老蒋”，意味着腐朽、没落、过时、必被淘汰。但在那时候，蒋介石三十来岁，正意气风发。当“老蒋”还是“小蒋”的时候，他心头一定也有他的信仰，他也在为他的信仰付诸努力和探索实践，并且，不固执于某一种先入为主的主张，只要是“小蒋”认为好的方法，都会采纳；只要“小蒋”

认为于国民革命有用的人，他都会使用。

早在 1923 年 2 月，蒋介石代表孙中山带领代表团赴苏联考察政治、军事，洽谈军事援助等问题。这次访问对蒋介石的触动很大，他天天写日记，不仅记录所看的景色、所见到的人，还不时大发感慨。但是，建国不久的苏联政权也给蒋介石留下了许多负面的印象，他对苏联的政治制度不仅反感，而且仇恨。从后来蒋介石对中国的治理看，这些负面的印象使他走向新三民主义、共产主义的反面。他在日记中这样写到："俄党对中国的惟一方针，乃在造成中国共产党为其正统，决不信吾党可与之始终合作，以互策成功者也。"他认为"苏联的政治制度，乃是专制和恐怖的组织"，"俄共政权如一旦臻于强固时，其帝俄沙皇时代的政治野心之复活并非不可能。则其对于我们中华民国和国民革命的后患，将不堪设想。"

前面说过，鉴于共产党员以个人的身份加入国民党，在黄埔军校中共产党员的人数较多，于是成立了中共黄埔特别支部，金佛庄便是该支部的成员之一。

黄埔军校创办后不久，以陈廉伯为首领的广州商团，在英帝国主义的指使下，妄图推翻广东革命政府。当时，革命政府能够指挥的军队，只有该校的几百名学生。要平定商团叛乱，力量非常薄弱。于是，黄埔第一期学生数人，联络广州各军校学生，组成了一个联合办事的机关，即青年军人代表会。加入这个组织的除黄埔军校外，还有滇军干部学校、粤军讲武堂、军政部讲武堂、警卫军讲武堂、桂军学校、大元帅府卫士队、飞机掩护队、航空学校、铁甲车队及永丰（后改为中山）、舞凤、飞鹰、福安四舰等单位。每个单位派出两名代表参加。青年军人代表会每周举行一次例会，由各单位的代表轮流当主席。他们的口号是："革命军人联合起来""拥护革命政府""拥护中国国民党""反对双十惨案行为""解散商团""打倒买办阶级""打倒帝国主义"。

1925 年 2 月 1 日，广东革命军第一次东征时，由于"后方军队庞杂，滇杨桂刘，伏处肘腋，养寇自重，图谋不轨”，为了使广东革命政府领导下的滇湘桂粤各军变为革命的军队，担负起反帝反军阀的革命任务，在中共黄埔特别支部的主导之下，便将由共产党员和共青团员为核心组建的青年军人代表会改组为中国青年军人联合会。这个组织的主要负责人，在黄埔军校的学生中有李之龙、蒋先云、周逸群、傅维钰、徐向前、陈赓、王一飞、许继慎、左权、陈启科、黄鳌，李汉藩、杨其纲、袁策夷、刘云、张际春、余洒度等；在黄埔军校的教职员中有金佛庄、郭俊、唐同德、茅延桢、鲁易、胡公冕等。为了加强国共合作，该会规定凡是黄埔军校的同学，都是中国青年军人联合会的会员。该会会址曾先后设在广州的小市街、大沙头、南堤二马路、肇庆会馆等地。

中国青年军人联合会“竭力以在军队中从事文化政治工作为已任”。金佛庄参与了成立宣言的撰写。中国青年军人联合会的成立宣言揭露了帝国主义的侵略和连年的军阀混战，给中国人民带来的深重灾难，启发广大士兵群众的阶级觉悟。宣言指出：“当兵的一日不觉悟，军阀及帝国主义一日不倒，打倒了袁世凯，又有段祺瑞，段祺瑞倒了，同时仍一样受帝国主义的包围和压迫”。该会总章把“拥护革命政府，实现三民主义”，“帮助中国国民党建设一个统一的坚固的国民革命政府，和有革命纪律的革命军”，“建立军队与民众间，……各军队间相互的密切关系”，作为青年军人联合会的宗旨；号召“全中国有青年朝气的军人，尤其是兵士，成为一个有主义的组织，与革命的工农联合，一致向帝国主义及其走狗军阀买办阶级进攻”，“把中国从帝国主义和军阀的双重压迫之下解放出来”。青年军人联合会出版的会刊《中国军人》，最开初为旬刊，后来改为月刊，是“鼓吹革命精神，团结革命军人，及宣传本会工作，唤醒全国军人”的有力武器。除《中国军人》外，还出版了《青年军人》《三月刊》《中国青年军人联合会周刊》，以及专门向士兵宣传的小册子《兵友必读》。这些刊物深受广大士兵群众的欢迎，发行量也较大，《中国军人》从最初的每期五千份增加到一万份，《中国青年军人联合会周刊》由于读者“索阅日多，每期印行三万份，尚觉不敷”。

据当时与金佛庄同去广州担任黄埔军校办公室秘书兼中共领导的青年军人联合会周刊编辑记者胡允恭在 1985 年回忆：负责联合会工作的共产党员蒋先云、陈赓等几位同志不定期向金佛庄请示工作，并请他（金佛庄）为内部刻印出版的会刊审稿、修改。可见金佛庄当时对中国青年军人联合会的工作起着重要作用。

中国青年军人联合会成立以后，在大革命的洪流中，一直站在反帝反军阀斗争的最前列。在广东革命军讨伐军阀陈炯明的两次东征，平定杨（希闵）、刘（震寰）叛乱等斗争中，都起了重大的作用。1925 年 2 月 2 日，即青年军人联合会成立的第二天，黄埔军校的会员就全体出发东江，参加第一次东征，“沿途爱护人民，勇猛杀敌”，表现了“冲锋陷阵，视死如归之革命精神”。青年军人联合会还派出干部宣传员，组织东江政治宣传队，“每次战前，均在军队中预先宣传意义及政府之意向，以鼓舞其敌忾心。战争之中，则极力向民众宣传解释，以安人心，而收军民合作之效”。同时，青年军人联合会还联合各界筹备慰劳，“以安军心使无后顾之忧，而更长其勇气”。此外，该会还同红十字会商定准备一个救护队，并将游艺展览大会所筹之款，作为伤亡军人的追悼、抚恤费。由于革命军纪律严明，秋毫无犯，不筹饷，不拉夫，被东江人民称赞为“为民众而奋斗牺牲的先锋”。1925 年 6 月初，在平定杨刘叛乱的斗争中，青年军人联合会在滇桂军中发行《兵友必读》，教育士兵群众，使之“不为杨刘利用，以危害革命政府”，而“滇军干部学校及桂军讲武堂学员，均能接受”。军校第一、二期分配于滇桂军中的毕业生在争取下级干部及兵士的工作中，起了不小的作用。6 月 5 日，即杨刘叛乱形势最紧急的一天，青年军人联合会下令所有滇桂军学校会员全体脱离滇桂军。6 月 6 日上午，滇军干部学校脱离者二十余人，桂军军官学校脱离者学生六十余人，见习官二十四人。由于“滇桂军受青军联合会之宣传，其内部士兵已无斗志”，“士不用命，相率响应”，“故革命军能于一星期内，完全歼灭之”。

青年军人联合会“极注意向外发展”，“发表本会的宣言、总章、会刊于各地”，以扩大影响，发展组织。它在华北发展了会员，并曾经计划派人去设立东北组织部、西北组织部、中原组织部、长江组织部、西南组织部，“最低限度每处须及早成立本会一个通讯处”。该会在其存在的十八个月中，会员发展到两万多人，成为革命军人中一个具有明确的宗旨、严密的组织、严格的纪律和广泛的群众基础的革命团体，成为“中国青年军人运动的中心”。

黄埔军校的建立和发展，共产党在黄埔军校和军队中威望的增高，不仅受到帝国主义和军阀的敌视，也引起了国民党右派分子的仇恨，随着革命运动的发展和阶级斗争的尖锐化，黄埔军校的反动分子也日益露出了反革命的苗头。这一切的幕后主使应该就是蒋介石。

中国青年军人联合会成了军校中以蒋介石、戴季陶为首的国民党右派分子的眼中钉。贺衷寒、缪斌等人在戴季陶的影响下，得到蒋介石暗中支持，组成了反对共产党、反对国共合作为宗旨的“孙文主义学会”，跟中国青年军人联合会展开看不见的博弈。这个组织的主要人物除了贺衷寒、缪斌之外，还有杨引之、冷欣、杜从戎、胡宗南、桂永清、蒋伏生等，教员中有王伯龄、徐桴、林振雄、王文瀚、童锡坤、张叔同等，以及虎门要塞司令陈肇英，海军将领陈策、欧阳格，公安局长吴铁城等。与此同时，上海方面也由萧叔宇、段锡朋和西山会议派童理章、喻育之等发起组织孙文主义学会，与广州呼应。国民党在改组初期分化为三派，到了孙文主义学会成立时，大体又合流了。他们之间虽然有矛盾，但是在支持孙文主义学会和反共活动方面差不多是一致的。

该会打着信仰、研究、宣传、实行孙文主义的旗号，标榜自己是孙文主义的忠实信徒，鼓吹戴季陶的《孙文主义的哲学基础》的反动理论，宣扬“一个主义”“一个党”的反动论调，反对孙中山的新三民主义，破坏革命的统一战线。他们指责加入国民党的社会主义者，是所谓“受信仰之限制，而致革命工作之进展，蒙莫大之影响”，宣称“如迂障阻主义，或弁髦主义之事实与问题，学会同志即当本其竭诚拥护与牺牲之精神，而为拥护主义之牺牲者”。贺衷寒在《孙文主义学会的使命》中，把共产党人和一切不赞成他们的所谓“孙文主义”的人，宣布为“寇雠”，文中说：“中国国民党的党员，如果不是孙文主义的信徒，和孙文主义的同志，就是中国国民党的叛逆，中国国民党的寇雠。”

孙文主义学会同其他国民党右派一样，竭力袒护西山会议派反对共产党和国民党左派的罪恶行径。在《孙文主义学会对于西山会议之意见》中，充分反映了他们同西山会议派之间的共同立场和共同感情。文中说：“我学会全体同志，敢以诚恳之意，要求诸公以党为怀，毋过虑一切。我学会敢担保于诸公，不至有若何危险，”公开表示要像维护法律一样，维护他们的西山“诸公”：“吾人讴知有法。自律者此法也，律人者亦此法也。诸公果步不逾法守，则吾人之同志也，吾人当以护法者护诸公。”

金佛庄严格遵守党的指示，并没有公开参加中国青年军人联合会的活动。金佛庄给人的感觉是：他没有任何政治企图，没有任何政治倾向，每天指示按时上班、勤恳工作。其实，金佛庄密切关注孙文主义学会的动向，及时与党内指派的同志联络，采取切实有效的应对措施。当时，青年军人联合会积极开展活动，组织讲演会、讨论会等活动，出版《青年军人》刊物，还组织剧团，自编自演一些以反帝反封建为主题的话剧，陈赓自己常化装登台演出，在校内外产生了很大影响。为此，贺衷寒等人的孙文主义学会，也办起了个剧团。两个剧团经常唱对台戏，开展针锋相对的斗争。

孙文主义学会成立以后，在黄埔军校内，千方百计地寻衅肇祸，监视学生中共产党员和共青团员的活动，甚至在深夜里偷窃共产党员的文件。他们攻击共产党员学生说，“阶级斗争是共产党制造出来的，共产主义是从俄国搬来的，中国行不通，共产党员是俄国人的走狗……”他们经常同青年军人联合会会员制造摩擦，例如，“有一次林振雄同李汉藩发生口角，林竟然拔出手枪向李开了一枪，幸未打中。”尤其严重的是孙文主义学会的骨干分子倪弼、陈肇英等，积极参与蒋介石策划中山舰事件的阴谋活动，充当了蒋介石排挤、打击共产党人，篡夺第一军以至整个国民革命军军权的工具。

中国青年军人联合会同孙文主义学会进行过针锋相对的斗争。《中国军人》第八期刊登的《怎样做革命派》一文，作者湘耘（即蒋先云）深刻地揭露了孙文主义学会打着孙中山的招牌，进行叛卖活动的反动本质。文章说：“要做革命派的，要做孙文主义的信徒，便上前工作去，要做反革命派的，要做孙文主义叛徒的，便后退去捣乱，……天然的界限划分得非常清楚，反帝国主义及军阀的，便是革命派。便是孙文主义的信徒。反之便是反革命派，便是孙文主义的叛徒。二者之间间不容发，聪明的国民党员，千万不至于打着孙文主义的大好招牌和老党员正统派的非常资格，无意的去做帝国主义所要做的工作……”。当时青年军人联合会曾通过一幅漫画，揭露孙文主义学会，这幅画“画着戴季陶穿着长袍背着孙中山的塑像，从公园中向孔庙里背”，含义是讽刺“戴季陶用周公孔孟的道统来解释孙中山继承孔孟之道统的奴隶封建社会，把孙中山的资产阶级民主革命先行者向后拉，使历史后退”。

蒋介石对于中国青年军人联合会和孙文主义学会，表面上不偏不倚，貌似公允，实际上对青年军人联合会恨之入骨，极欲除之而后快。在国民党编写的《黄埔训练大事记》里记载了孙文主义学会成立后不到一个月，由于这两个组织的“左右对峙争讧渐烈，校长甚忧之”。为了控制青年军人联合会的活动，1926 年 2 月 2 日，蒋介石召集两会负责人的联席会议，协议了所谓四项办法：（一）两会干部准互相加入；（二）两会在党校及党军须承本军校长及党代表之指导；（三）团长以上高级长官，除党代表外，不得加入两会；（四）两会会员彼此有不谅解时，得请校长及校党代表解决之。中山舰事件后，4月7日，蒋介石又以“青年军人联合会和孙文主义学会两个组织有违亲爱精诚的校训，破坏整个同学的团结”为借口，下令“取消党内小组织，以统一意志，巩固党基”。4月15日，中国青年军人联合会被迫发表通电，宣布自行解散。17日，蒋介石专门为孙文主义学会解散一事同该会干部谈话，该会在20日也宣布解散。至此，黄埔军校的革命力量受到很大的打击，国民党右派的气焰日益嚣张。但是，革命和反革命的斗争采取了新的形式继续激烈地进行着。

蒋介石用尽千方百计，企图收买黄埔学生中的共产党员，但绝大多数的共产党员都能坚定地站稳立场，没有妥协，没有服从，更没有投降。比如蒋先云，他在军校中表现非常突出，已经在学生中脱颖而出，表现出极高的军事才能和领导才能，能力强，有很高的威望。蒋介石多次以高官利禄作为诱饵，引诱其改变立场，毕业后，他被蒋介石调去做随从秘书和总司令部警卫营营长。蒋介石不止一次表示，只要蒋先云脱离共产党，他可以许给他更大的官。但蒋先云不为所动，后来，毅然离开了蒋介石，北伐战争中，在叶挺的部队任团长，在河南打张作霖时，于东西洪桥的一次战役中壮烈牺牲。

蒋介石还利用同乡关系拉拢金佛庄，不止一次暗示他脱离共产党，但金佛庄不为所动。蒋介石曾怀疑金佛庄支持中国青年军人联合会组织的活动，但由于金佛庄行事谨慎，蒋介石始终抓不到把柄。

不忘是书生

金佛庄是一名善于思考，善于提出应对措施的军官。他长于别人之处，在于他能将思考变诸于文字，让更多的人读到，让更多的人参与到这种思考和探索中来，把一个人的探索变成一群人的探索。

金佛庄虽然身在军队多年中，可他书生意气从未改过，他无时无刻不试图离开军队。原因就在于各式各样的军队都存在这样那样令人厌恶的恶习、陋习。

自从接受马克思主义之后，金佛庄有了方向，有了目标。他知道，用一生的奋斗来实现这些目标，时间都还太仓促。

根据多年的观察和思考，黄埔军校青年军官金佛庄撰写了《军官的心理》，经过仔细修改后，在上海 1924 年的《新建设》杂志第 2 卷第 1、2 期上发表出来。

在这篇文章中，金佛庄运用马克思主义关于社会存在决定社会意识的历史唯物主义观点，从“军队组织、军队生活和时代潮流”三个方面，详细地剖析了这些因素，是怎样影响以致支配那些掌握着枪杆子的旧式军队中各级军官们的心理。

他指出：“军队是时代绵延中的一件产品，是不能不依时代潮流而形成某种物质的。自佣兵制而征兵制，自征兵制而民兵制，都有时代的基础——经济的基础——为其基础”，“中国因受帝国资本主义和国内的军阀二重压迫，已达到一般社会生活的不安定”，在这种环境的影响和支配下，旧式军队里的军官的“性质日习于残忍，冷酷，好乱和诈伪。当时局变动的时候，他们的野性便一起爆发了”，这就使他们成为“内乱的主要分子”。他认为，从旧式军队本身组织的因素来看，主要是存在着根深蒂固的封建专制的统治压迫关系，而根本缺乏内部民主平等的上下级关系和官兵关系：“现在军队组织的第一毛病是各级军官的隔离，使他们遂各不相顾，甚或互相妨害，上，下，同事，各怀恶意。为什么军队各级间会发生隔离呢？大半因为军队是阶级制度。”

金佛庄所说的“阶级制度”，是指旧军队里的军阶等级制度。他认为，军队内部必要的上下级指挥系统和秩序、军纪，在于求得精神上的上下一心和形式上的有条不紊，“以整齐的形式而济之以融和（不分上下）的精神，才名为精练的军队。这是现在的军队组织的真意。”然而，由于在旧式军队里，浓厚的封建意识“占据了他们的充满了旧习惯的头脑”，“中国军官每每谬用阶级的地位和权力”，“威临部下”，“发生压迫的心理”。

他用鲜明生动的笔调描绘说：这种“阶级的军队里面无所谓是非和公理。一个昏愚的军官统率圣哲的孔子和苏格拉底，你孔子虽然有慧敏的天才和明决的判断，有何处可容你发挥？明明错误，但你须［服］从错误走”。

他又从旧军队的精神生活和经济（物质）生活两个方面，分析了它们对于军官们心理（思想）上所产生的影响：在精神上，“军队生活原属机械式的生活”，“是偏枯的和乏味的”；在经济（物质）生活上，“军人生活是很清苦的”。如果没有坚定正确的革命理想和宗旨，没有强有力的政治思想工作，“能尽心尽职安于这清苦生活的军官究有几人？”虽然不能绝对地排除极少数的正直军官“也有热心为国，不骛求名利的”，但绝大多数的军官“经了一回二回无数回的金钱势力压迫以后，大有非发财不可的心理”，“大半的都昏醉于这种发财的梦中”。因此，初级军官“遂患了一种病——混的心理”；中级军官“团营长多半混入政客的一途”；而“到了上级军官径直是放纵生活”，“他们为所欲为，把中国闹得现在的田地”。其结果便是：“中国无目的而黑良心的军官的捣乱，已经由少数变为普遍的骚动了。”

通过这样透辟的剖析，深刻揭露旧式军队内部腐败黑暗的上下级关系和军官们的不良心理，鼓吹彻底改造旧式军队，建设新型的革命军队。他帮助读者们更加深刻地认清北洋军阀所统辖的旧式军队的黑暗和腐败本质，并进而痛感建设新型革命军队的必要性。

这长篇论文发表后，在上海和黄埔军校内部产生了极大的良好的影响，不仅共产党人对此文推崇备至，连长期以来坚持另一条路线的对立派也不得不敬佩金佛庄。

此文为彻底改造旧式军队、建设新型的革命军队制造舆论。

蒋介石读罢此文，在多种场合下赞赏金佛庄是一个有头脑的人物，认为这样的人才有前途。

对于日趋走进权力核心的蒋介石，金佛庄的出现无疑既让他惊喜，又让他不安。惊喜的是黄埔军校竟有这等人才，且与他均是浙江老乡；不安的是，在金佛庄的履历表上，赫赫然填写着“共产党”，与他不是彻彻底底的一路人。对这样的人，是用，还是不用？蒋介石也曾矛盾过，反复盘算过。盘算的结果是，不断给金佛庄提升职务，他相信金佛庄纵使是一块石头也有被焐暖的一天。蒋介石那时候还年轻，思想还没有完全固化，而且就自身的地位和国民党在全国的地位，都还属于羽翼未丰阶段。他并不知道，金佛庄心中的信仰比石头坚硬，比木棉坚韧。在信仰面前，高官厚禄不过是浮云。

平定广州“商团”叛乱

孙中山在广州设立了大本营，名义上是大元帅，但真正拥护他的军队很少。广州以东以南地区，多为叛军陈炯明等部盘踞；广州附近多为旧军阀的部队，表面上拥护孙中山，实际是搞封建割据；同时香港的英帝国主义大力策划和支持买办资本家在广州组织商团，反对孙中山，仇恨黄埔军校。当时滇军有个师长公开扬言要派兵解决这所军校。所以，黄埔军校白天出操上课，晚上还要站岗放哨，警惕敌人的袭击。

黄埔军校从成立起就不是闭门读书。第一期开学不久，9 月份爆发了第二次直奉战争，这是北洋军阀混战时期规模最大的一次战争。段祺瑞联合张作霖，反对直系的曹锟、吴佩孚。孙中山与段祺瑞、张作霖呼应，亲自率兵到韶关，准备北伐，支援段、张。

10 月 10 日，是国民党的“双十节”，孙中山在韶关飞机场举行阅兵式，受阅部队除旧军队外，还有黄埔军校的学生。检阅完毕，孙中山讲话，阐明北伐的意义，号召部队英勇作战。这时，传来了坏消息，孙中山“后院起火”了。广州城内发生了商团叛乱，准备推翻革命政府，胁迫孙中山下台……一时广州形势十分紧张。准备北伐的黄埔军校师生只得返回广州平叛。

广州商团是个什么组织？它为什么要叛乱？

商团的名称起源于上海小刀会起义。1853 年(清咸丰三年)，上海发生由刘丽川领导的小刀会起义，当时参加起义的多是商民，因此也称为“商团起义”。起义失败后，商团的名称保留下来，成为日后商人们的行业性自卫组织。

陈廉伯当上广州商团团长后，把他的政治抱负付诸实践。从他的所作所为看，他的政治野心是把商团做大，组织商人政府，取代孙中山领导的国民革命政府。

为了壮大商团实力，陈廉伯又召开会议决定购置枪械。会议一致委托陈全权办理，根据各商团认购数量，共四千支长、短枪。陈由于有其图谋，私下把购置数量扩大一倍多，增加了五十挺机关枪。

1924 年 8 月初，陈廉伯接到南利洋行电报称枪械已由挪威轮“哈佛”号在洋运输途中，8 月 5 日才向国民革命政府军政部申报。8 月 10 日船到珠江口沙角炮台附近被扣，清点为长短枪共 9841 支、子弹 337 万发，其中机枪 50 挺。陈向税务司报告，税务司称要有大元帅府命令才能起卸。国民政府派出军舰监视运枪船只。8 月 11 日，省政府发出通告，取消商团运械护照。陈廉伯得知枪械被扣，大为恼怒，遂派出代表向市公安局局长吴铁城请求转达，请大元帅府准予起卸，不成。次日又组织商团代表两千人请广州市市长李福林带领到大元帅府请愿，亦无效。孙中山亲自向商团代表训话一个小时，指出陈廉伯虽然有向政府申请买枪护照，护照说明要四十天才生效，但申请才五天，枪就从国外运到了，且与申报数量不符，有颠覆政府的阴谋，劝商人反省，不要上陈廉伯的当。由于孙中山态度坚决，陈廉伯无计可施，于是决定于 8 月 20 日组织首次全市罢市，煽动市民说政府无信无德，要挟政府发还枪械。8 月 21 日，陈恭受在佛山也相呼应，组织全省 138 个商团召开秘密会议，并发出传单，要求农历 7 月 22 日全省总罢市，要挟政府发还枪支、允许全省商团联防总部成立。刚巧国民政府中央银行此时成立发行新纸币，要求商人按新纸币纳税，陈廉伯指使“武胆”杜缩英出面，召开银行业界会议，污蔑政府发行新纸币是“剃刀门楣”，决议全市银行业大罢市，抵制新纸币，造成全市金融汇兑不通，商业运作停滞。与此同时，“文胆”关楚璞(商团总部秘书长)利用报纸造谣，利用民众对孙中山的三大政策不了解的情况，说孙中山的三民主义是共产主义，商人阶级不能存在，说民权连商民自卫也不准，商界必须团结起来自卫，否则商界必亡。又由商团成员散发传单“请孙下野”。

陈廉伯组织罢市和抵制新纸币的行径使孙中山大怒，他警觉商团要搅事，知道商团已演变成一个反动组织，不能仁慈，非用武力解决不可。10月14日，孙中山紧急召开会议，全权委托刚上任的省长胡汉民指挥军队平定商团叛乱，胡汉民即召集驻粤各军开紧急会议部署，以粤军总司令许崇智的部队为主力，滇军杨希闵、桂军刘震寰、湘军谭延闿、豫军樊钟秀，还有黄埔军校的学生军、公安局的警卫军、工团军、农民自卫军等，参加平定商团叛乱，并要求与商团关系密切的滇军第二军范石生、第二师廖行超部队严守中立。五军总司令会衔发出布告，下令解散商团军，限令商团即日开市，恢复秩序，但商团军不理睬。于是平叛部队司令部15日凌晨4时下达总攻令，分五路包围西关，经过激战，只一日工夫，商团军全部被缴械。陈廉伯、陈恭受被政府通缉，逃到香港。由于省城商团军叛乱被平定，各地商团军不敢轻举妄动，敢动的也被各地政府和驻军拦阻、缴械解散。

遍查所有能找到的资料，都只说金佛庄参与了孙中山主导的这次战争，金佛庄所带的部队因训练有素、作战英勇，没有具体的描述，笔者不便杜撰。只有一样是切实的，在这个战斗中，金佛庄给大家留下了非常深刻的印象，他为人谦和，做事认真，考虑缜密，大家都愿意与他交朋友。

棉湖战役

1924年底，陈炯明认为与南方政府决战的时机已经成熟，于是集结部队，准备打回广州。此时的陈炯明兵力号称十万，实际上大约五万人。其中战斗力最强的是林虎所辖的广西军，约一万五千人，编成四个步兵师。

1925 年 1 月 15 日，国民政府发布《东征宣言》，正式向陈炯明宣战，第一次东征开始。主力是黄埔军校学生军和粤军。蒋介石兼任东征军参谋长，周恩来兼任东征军的政治部主任，在粤军二师任参谋长的叶剑英奉命投入了东征之战。

随即兵分三路向陈炯明发起进攻，以安定广州革命政府的后方。统率北路军的是滇军杨希闵，统率中路军的是桂军刘震寰。南路军由粤军第二步兵师、粤军第七独立旅、粤军第十六独立团和黄埔军校的两个教导团(约两千五百人)组成。

黄埔军校教导第一团、第二团是以第一期毕业生为基干编成的，蒋介石以黄埔军校校长名义率领这两个团参战。广东老百姓称这支军队为黄埔学生军。黄埔学生军人数虽少，但战斗力在广东各军中却是第一流的。他们不仅受过良好的政治和军事训练，革命斗志空前高昂，而且武器装备也优于各军。

3 月上旬，林虎率部两万余人自兴宁、梅县等地出发。由于孙中山这一方担任战场左翼军的滇军、桂军按兵不动，使林虎得以从容地绕过黄埔军左翼直抄后路，战场形势急转直下。

两军对垒于千年古镇棉湖及周边地区。

林虎军凭借有利地势，兵力强于东征军十倍以上，以居高临下直扑黄埔一团，双方绞杀在一起，战线越拉越长，阵地反复易手，双方伤亡惨重。林虎见正面强攻难以奏效，于是将主要攻击方向转向黄埔一团的左翼。何应钦立即命令三营迅速攻击前进，占领右前方制高地。

林虎发现了一团指挥所所在的位置，派出重兵强行突入，黄埔军拼死抵挡。

冲在最前头的敌军离指挥所只有几十米的距离了，蒋介石严令何应钦坚决顶住。何应钦命令号长吹起了冲锋号，第一个冲了出去，带动团部所有人员都跟他往下冲。加仑将军的几个助手和警卫员也拔枪投入了战斗。黄埔军顿时士气大振，杀声震天动地。

炮兵连长陈诚亲自指挥架炮，亲自瞄准，亲自拉火。头一发炮弹正落在团指挥所前面的一堆敌人当中，林虎军突然遭到炮火轰击，顿时惊惶失措，掉头就跑。由于陈诚拉火打响了头炮，蒋介石立即宣布提升陈诚为炮兵营营长。

此时各阵地上杀声震天，战况空前激烈。一团已无兵力可以调，只能收缩防地固守几个高地。

此时钱大钧带领二团投入战斗，他下令一营紧随二营前进，三营占领左侧高地，掩护全团侧翼。

三营长金佛庄派郭俊带领九连就近火速上山抢占阵地。九连刚攀上高地，发现大批敌人也纷纷赶至，双方相距仅数十米。该连立即开火，将前面敌人击退，但后面敌人愈来愈多，仗着人多势众蜂拥而上，双方遂在高地两侧展开恶战。

十几分钟后，金佛庄率后续连队赶至，马上投入战斗。从山顶往下一看，山坡上密密麻麻布满了敌人，正边打枪边嚎叫着向上冲。幸亏抢先了一步，倘若敌军先占据了高地，后果将不堪设想。激战中，金佛庄和郑洞国往返于各阵地间指挥作战，冲在前面的敌人被打得七零八落，死伤枕藉。可是后面的敌人在军官驱赶下仍不顾死活地涌上来。九连连长陈铁眼见敌人已冲上阵地前沿，挥枪率先跃出与敌肉搏。阵地上白刃闪闪，血光四溅，喊杀声，铁器撞击声混成一片。五分钟后，郑洞国率两排士兵从斜侧里切断敌进攻队形，配合九连肃清了阵地上的敌人。自此以后，林虎军进攻锐气顿挫，任凭其指挥官如何吆喝，只要进至三营阵地前三四十米处，即伏倒在地，不敢向前。

二团这支生力军的加入，马上有效地减轻了一团正面所受到的压力。

林虎军渐渐地支持不住了，黄昏时分，粤军第七独立旅赶到并投入战斗。金佛庄率队发起反击，在向敌人的冲锋中，多处负伤的郭俊弹中胸腔，倒在血泊中。黄埔军乘势向敌人发起全线反击，林虎军向和顺方向溃退。

当天 18 时，棉湖战场逐渐沉寂了下来，经过一天的血战，黄埔教导团以寡敌众，终于获得了胜利。当然牺牲也非常大，黄埔军校校军在此役中伤亡惨重，如该团第三营党代表 3 名连长 2 死 1 伤，排长 9 人中 7 死 1 伤，385 名士兵仅余 111 人。这也是黄埔一期生之后名将反不如后几期多的原因。

在清理阵亡烈士的遗体时，发现连长郭俊心脏还在跳动，因此获救。

3 月 14 日黄埔军继续追击残敌，向河婆前进，又将败敌黎生部击溃。最终，黄埔军校校军教导第一团、第二团以三千多兵力击溃陈炯明的两万精锐部队，堪称军事史上以少胜多的典范。此次战役在我国军事史上称“棉湖战役”。

棉湖战役指挥官何应钦称：“此次战斗，为时虽不过一日，但战斗之惨烈，实近代各国战争所少见，其关系革命成败亦最巨。”

3 月 15 日午后 5 时，黄埔学生军全体集合训话。前来劳军的廖仲恺代表中央委员会奖励给每个团一千块钱，并且激动地说：我赶来是带着中央委员会的命令来慰劳你们犒赏你们的，正好碰上这次棉湖大捷。总理过去曾经想把学校培养成革命军，你们真正当得起这个称号。

经过了血与火的洗礼，三营的战士们在回师广州时，又在龙眼洞、观音山、瘦狗岭广九车站等战役中，担当主力。由于金佛庄勇敢善战，因此国民革命军第一军成立时，金佛庄以战功卓著，擢升为第一师第二团党代表，旋即改任团长。廖仲恺被国民党右派刺杀后，金佛庄又率部参加坚决镇压反革命势力的行动，国民革命军总司令部秘书长邵力子撰文说，金佛庄“解散梁张郑莫，拘留熊克武及第二次东征诸役，莫不参与”。

平定“刘杨叛乱”

1925 年 4 月 6 日，鉴于黄埔师生武装在东征过程中的出色表现，从黄埔校军的前景发展考虑，按党代表廖仲恺的提议，国民党中央执行委员会第七十七次会议，通过了建立“党军”案。

4 月 13 日，国民党中央发布训令，以黄埔军校两个教导团为基础，建立国民党党军。4 月 14 日，国民党中央任命廖仲恺为“党军”党代表，29 日，任命蒋介石为“党军”司令官。下辖第一旅，旅长何应钦，包括教导第一团（何应钦兼）、第二团（沈应时），金佛庄任第二团第三营营长。21 日，又建立了第三团，以钱大钧为团长。

这支部队所以称为“党军”，是因为在军中建立了党代表制，“凡军队一举一动，都受党代表的指导与监督。换句话说，就是受党的指导与监督。”其实，党军的建立过程中每一个环节都是蒋介石精心设计和负责执行的，所以党军的最终建立完全可以看成是蒋介石个人意志的初步实现。

东征胜利，叛军仍在。虽然陈炯明的大部分主力部队已被消灭，但是并没有彻底清除，广东的局势并非完全稳定。本来下一步征讨的目标就剩下陈炯明余部了，可万万没想到祸起萧墙，后院失火，革命军内部出现了分裂。

滇桂军首领杨希闵、刘震寰本是起家于云南、广西的旧军阀，他们之所以参加孙中山的革命阵营，完全是一种投机行为。因为他们在各自省内割据，实力赶不上其他军阀，一再受到排挤，为改变处境，他们趁陈炯明叛变、孙中山指挥粤军许崇智部驱赶陈炯明时，率领部队收复广州，摇身一变，成为迎接孙中山回广州建立政权的功臣。

孙中山当时曾给予两人嘉许，称杨希闵“忠诚等著，督率有方，允为元功，宜加特褒”。但滇、桂军本来是未经改造、没有统一组织和严明纪律的旧军队。入粤以来，更是自恃有功，横行无忌，到处抢占防区、把持税收、设立烟赌馆、强占民房、勒索财物。孙中山对此头痛不已。

孙中山在一次军事将领集会上，对着滇、桂军将领说：“你们于民国十二年春间，替我出力赶走陈炯明，我是很感激你们，……你们派人到上海请我回来，说要服从我的命令，实行我的主义，我更是感激你们。所以我便回来了。谁知你们却是戴着我的帽子来蹂躏我的家乡。”孙中山决心对这些骄兵悍将“严厉整饬，以肃纲纪”。

然而，杨、刘势力已经坐大，轻易动它不得。第一次东征时，杨希闵任东征联军总司令，实际上抱消极观战之态度，总司令部形同虚设，与右路军视同秦越。滇、桂军屯兵于增城、博罗之间，逡巡不进。

东征未捷，孙中山于 1925 年 3 月 12 日病逝于北京。这时，远居滇省的军阀唐继尧蠢蠢欲动。原来当 1923 年孙中山重建大元帅府时，曾请唐出任副元帅，不料唐毫不领情，拒绝与孙中山和广东革命政府合作。及孙中山病逝，唐以为可以一举吞并广东，遂于 3 月 18 日发表通电，宣布就任副元帅之职。企图以孙中山合法继承人自居，篡夺南方政府权力。唐还声称，要率兵十万，进驻广东。

国民党中央执行委员会明令驳斥了唐的所谓“就职”通电，指出总理在世之时，显抗命以纵恣，总理去世之后，假名义以专横。

唐还藉此引诱杨刘叛变，他允许杨希闵返回云南大理招兵，而杨则表示“拥唐入粤”。刘震寰亲赴云南，催促唐军早日动身。此时，陈炯明、林虎、邓本殷、申葆藩等，也公开或暗中向唐示好。

恰与此时，东征军远驻东江，广州十分空虚，杨、刘认为正是起兵的绝佳时机。4 月初，刘震寰发表通电，指责国民党中央通电讨唐为“不当”之举。5 月初，杨希闵潜赴香港，会见段祺瑞的代表和唐继尧。唐以副元帅名义，委刘震寰为广西军务督办兼广西省长，并认可段祺瑞委任杨希闵为广东军务督办兼广东省长。

杨、刘叛乱的事情败露后，代理大元帅胡汉民和汪精卫等人主张向杨、刘妥协，以东征处于紧要关头不得内部残杀为名，只要刘、杨悔改则既往不咎。他们派出邹鲁作为代表，前往香港劝说杨、刘二人回穗，共商大计，表示如果需要，可以改组大本营，以满足两人的政治要求。杨、刘二人不仅没有接受，反而狂妄地让邹鲁转告胡汉民："你要打的话，我让你打三天不还手。"

杨刘既无和谈之意，武力平叛就在所难免。4月27日，廖仲恺、许崇智、蒋介石、加伦等在汕头市桂园秘密磋商，决定东征军回师广州，讨伐杨、刘，由廖仲恺先行返回广州，布置一切。5月13日，汪精卫与廖仲恺、许崇智、蒋介石、朱培德、加伦就讨伐杨、刘一事交换意见，决定放弃潮梅，班师回穗，并推定蒋介石任军事总指挥。

会后，蒋介石命令各官长及下属士兵就编制变更、联络规定、勤务改良、材料添减、职权划分、职务规定、补充招募、俘虏及战利品之处置、调遣升级、赏罚休假等项，提出意见，以更好地加强部队建设。再者，对劳勋卓著者，秉公褒奖，对临阵脱逃的溃兵严加惩罚，以正军心。

5月21日，蒋介石作为总指挥，电令何应钦指挥的党军第一旅，陈铭枢指挥的粤军一旅等回师广州，准备讨伐杨、刘叛军。5月21日，"党军"第一旅何应钦部，粤军第一旅陈铭枢部，第四师(由第七旅扩编)许济部，警卫军欧阳驹部，同时从潮、梅回师，一路经海丰、平山、白芒花、淡水，于6月6日到达广九路樟木头一带。与此同时，李宗仁、黄绍竑扼守西江，阻止唐继尧部东下配合杨、刘。

东征军班师回穗之际，胡汉民于6月3日责令杨希闵交还所占防地，交出所占财政各机关，服从政府。

杨不肯就范，反而于4日占领省长公署、粤军总部、财政厅、公安局和市内各重要机关，并贴出由其负责市内"治安"的告示。5日，杨希闵、胡思舜发出通电："共产主义，无论我国人民智、德、生计程度，不足语此。""今蒋中正、廖仲恺、谭平山等利用俄人，互相勾结，代为宣传，以少数党人专制国家，直视革命为彼辈包办事业。""希闵等断不容彼辈播共产流毒于社会，我军因此喋血疆场，亦所不恤。"杨、刘还以"滇桂军全体国民党员"名义，散发反对共产党、反对苏俄和反对广州政府的传单。是日，革命政府免杨希闵、刘震寰本兼各职，由朱培德任滇军总司令。

战时初期，革命政府、国民党中央许多人士及苏联顾问，还留在广州市区，处于滇、桂军的威胁之下。大本营铁甲车队英勇作战，抢占大沙头，掩护各机关和顾问团安全转移至南岸士敏土厂或黄埔岛。

中共广东区委成立以罗亦农为首的“革命委员会”，积极配合革命军的军事行动。区委发动粤汉、广九、广三铁路工人罢工。工人拆卸了火车头，将机件埋藏地下，并将所有火车司机转移到安全地带。使得滇、桂两军无法运送辎重武器。此外，中共广东区委还发动组织工人、农民、市民参加战斗。由于滇军为祸广东已久，人民早就对其恨之入骨，群情一经点燃，立即爆发出巨大的威力，严重动摇了滇军的根基。

12日清晨，黄埔校军打退滇军，占领龙眼洞。粤军第一旅和警卫军向瘦狗岭、沙河进逼，毙桂军数百人。军校炮队掩护革命军由猎德渡河，旁抄广九路。这一带本来是军校学生的练兵、野营之地，金佛庄所在的学生军对这里的地形了如指掌，对各个目标之间的距离，早有准确的测量，故炮兵命中率很高，滇军赵成梁师指挥部首先被摧毁，赵成梁本人也被轰毙。滇军伤亡惨重，杨希闵无心恋战，部队很快土崩瓦解。10时，瘦狗岭之桂军，也被打败。黄埔校军、粤军、魏(邦平)军及其他各军乘胜追击。桂军师长陈天泰被俘，滇、桂军各个阵地均被击破，广州全城被收复。杨希闵、刘震寰化装逃走，经沙面逃往香港。

13日，从惠州回援的滇军胡思舜部，在观音山(今越秀山)被革命军截击，全部投降。第二天，该部再次叛乱，占领北校场一带高地，抵抗革命军。黄埔学生迅速集合，予以包围缴械，夺回高地。至此，为祸广东数年、拥兵数万的滇、桂之军，终于被消灭。

第五章
含声未发已知心
独立夕阳数个人

第二次东征

革命军平定在广州“商团”叛乱的时候，陈炯明踌躇满志地从香港赶回广东，他要为自己联省自治的主张作最后一搏，他打算赶走主张全国统一的孙中山，率先在珠江三角洲实施联省自治。

此时的陈炯明财大气粗，踌躇满志。他左手拿着从港英政府那里得到的大量军火和钱，右手拽着北洋军阀段祺瑞政府的三十万元军饷及两艘军舰，纠集残部，卷土重来，又占据了东江各地，企图利用惠州城的险要地形，与广州的国民革命政府对抗。

当两种政治理想对垒的时候，任何一方不作出相应的回应，便等于自己认输。

英政府支持陈炯明是为获得更大的利益，而段祺瑞支持陈炯明，只是为了让陈炯明去打击甚至摧毁北伐力量，以达到苟延其北洋统治的时间。很明显，二者均不是为支持陈炯明联省自治的主张。

起初，金佛庄以第一师第二团党代表的身份，参加第二次东征。1925年9月28日，广东境内的“党军”“建国军”统一改称为国民革命军第一军，军校校长蒋介石担任军长，周恩来任总政治部主任兼第一师党代表，第一师师长是何应钦，第二团团长沈应时。很明显，这一次革命军实力比上一次东征时强大了，又有广大人民支持，所以进展极快。

第二团团长沈应时升任第三师副师长后，金佛庄任第二团团长。

当时，陈炯明的精锐部队驻扎在惠州城内。密探回报说，惠州城内三步一哨、五步一岗，易守难攻。

惠州城的地形也非常特别，三面环水，一面枕山，城垣坚固。传说自唐代以来，该城固若金汤，从未被攻破过。1925年10月11日东征军扫荡了外围守敌，占领了飞鹅岭，由第二师第四团攻城，由于步、炮不能很好配合，第四团连攻两天，伤亡惨重，未能攻破。在议论纷纷中，蒋介石提出撤军主张，周恩来坚决反对，认为撤军要动摇军心，惠州城也不是不能攻克的，问题是要改变战术。怎样改变战术呢?在众说纷纭时，周恩来提出：改四面围攻为三面进攻，网开一面，让敌人出逃后聚而歼之。当这个意见被采纳后，周恩来又命第四团中的党团员组成敢死队，带头登城。第四团所有的连长都是共产党员，战斗力特别强。战斗发起后，士兵看见带兵的长官英勇无畏，便死命冲杀，浴血奋战到第二天傍晚，敌人主力被歼；顺着“网开一面”的道路逃出城的敌人，也被预伏的革命军歼灭了。

惠州城被革命军占领后，陈炯明部望风而逃，东征军长驱直入，迅速向潮州、梅县地区前进。东征军分头前进：第一师沿着海岸线继续东进，金佛庄率部于10月20日攻克海丰县城；蒋介石所在的总指挥部则跟着第三师，作为左路军，沿着东江向广东省东北的梅县方向前进。不料10月27日在五华县西南方向的华阳地区，与叛军的林虎部队主力遭遇。

第三师还没有真正和完全实行党代表、政治部新制度，且整编不久，官兵政治觉悟不高，也缺乏严格的训练。师长谭曙卿又轻敌冒进，在完全不了解敌情的情况下，仓促应战，由于力量悬殊，战到中午，即被敌军包围，陷入极其困难的境地。

蒋介石闻讯后，赶到前线督战，命令陈赓到第三师传达他“不准退却”的命令。他说，你是黄埔的好学生，现在革命危在旦夕，校长命令你，赶快下山，去向谭师长传达我的命令，不准退却；临阵脱逃者一律枪决！

谭曙卿接到蒋介石的命令后，拔出手枪带着师部的零散部队，占据了一个高地抵抗一阵，但于事无补，敌人一个侧击，第三师全线崩溃，敌军直扑总指挥部而来。

蒋介石急得要命，当即命令陈赓：“谭曙卿无能。你去代理第三师师长，集合部队，重新组织抵抗，一定要把林虎的部队顶住！”但兵败如山倒，大规模溃退已无法阻止。第一师又相距太远，没有较好的通信手段，既得不到消息，也无法及时赶来救援……最后连总指挥部的人都悄悄溜掉了。

蒋介石在不久前开进惠州城时，受到人民热烈欢迎，在掌声和鞭炮声中，他感到很得意，当众说了许多动听的话，觉得自己前程似锦，无限光明。没想到转眼间却落到这种狼狈境地，如果自己不战死，又有何面目再回惠州城呢？想到这里，心乱如麻，觉得真的不如一死了之……蒋介石干脆坐在一块石头上，动也不动，打算让陈炯明的子弹洞穿自己的胸膛。

在这子弹、炮弹头上乱飞的危急时刻，陈赓却非常沉着，睁着明亮的眼睛热情地劝他："胜败乃兵家常事。这终究是一个师，还不是黄埔训练出来的部队。你是总指挥，行动会影响整个战争，大局要紧呀！我们撤退到安全地点，再收拢部队，还可以再打。"

蒋介石听了他的话，借坎下台阶，不自杀了。但吓得直打哆嗦，连路都不能走了。陈赓看敌人已离得很近，情况太紧急了，就背着他跑，跑到一条河边，把蒋介石送上一条船，陈赓就组织部队顶住追击的敌人，掩护蒋介石过河，然后领他跑到一个安全的地方，就这样救了他这条命。

与此同时，金佛庄所在的第二团则如猛虎下山，所向披靡。金佛庄带兵，无论贫贱胖瘦，能打仗就是好兵；他打仗有个特点：靠前指挥，随机应变。往往在对方防备薄弱的地方寻找突破口。就在蒋介石被围困在山头上的时候，金佛庄部发现他们正面之敌，是陈炯明手下的悍将林虎。依据是，对方军容整饬，作战训练有素，都是不怕死的亡命之徒。打败弱小者不算本事，有本事就得啃下硬骨头。

正棋逢对手，双方一上来就打到胶着状态，战壕犬牙交错，纵深互渗。金佛庄一直教导他的士兵说，战场上，拼的是最后一口气，谁坚持到最后，胜利就属于谁。

林虎的军队在数量上明显多于金佛庄的部队。十数年与枪炮打交道从无败仗记录的林虎与蒋介石同岁，根本不把刚入伍的黄埔生放在眼里，大战前先放出豪言狠话："何物学生军，不过是小孩子胡闹把戏而已，你们看我把他们杀得片甲不留。"

金佛庄采取大纵深、反包围的战术，以咄咄逼人的气势，单兵突进，直取林虎老巢。

这一招叫直捣黄龙府，擒贼先擒王。

久经沙场的林虎万万没有想到，国民革命军居然如此迅速攻占其指挥部。金佛庄见前面有一处戒备森严，反抗组织得非常有效，而且非常拼命的地方，判定这是林虎的指挥部，断定林虎必在里面。金佛庄命令战士先是切断了与外界的联络，然后在运动作战中选取薄弱部位集中火力攻入，将负隅顽抗的敌人压缩到非常狭小的的范围内，再命令战士在一分钟之内把身上所有的手榴弹投掷到那片狭小的区域。瞬时，手榴弹像爆竹那样在那片阵地上开花，待到硝烟散尽，林虎已一命归西。

群龙无首的林虎部旋即一触击溃，金佛庄带领第二团从敌人的内部向外突破，所到之处，敌人几乎不能组织有效的反抗，其他部队得知此消息，立即组织反攻。陈炯明的部队死的死，伤的伤，降的降，陈炯明在广东已无立足之地，只得通电下野，从此无力东山再起，第二次东征以国民革命军彻底胜利而告终。

陈赓在危急的战场上救了蒋介石的命，和金佛庄部消灭陈炯明悍将林虎两件事，迅速传遍和震动了整个国民革命军。蒋介石对着两个人赞不绝口。陈赓被蒋介石调为随从参谋，可以随便出入蒋介石的办公室，甚至连一声“报告”都不需要喊。蒋介石对他说：“你还喊什么报告呢？要是连你我都不放心，还信得过谁呀！”

金佛庄的优秀不仅受到共产党的器重，也被国民党阵营中的一个人看在眼里，这个人便是时任军校校长的蒋介石。蒋介石之所以对金佛庄非常欣赏，一是因金佛庄颇有才华，又具备实干精神，品行端正，作风正派，是一位不可多得的带兵军官，黄埔军最需要这样的人才；二者金佛庄是浙江人，蒋介石用人一贯以浙江人为优先。因此，蒋介石对金佛庄十分器重。1924 年 12 月至 1926 年 3 月，金佛庄历任黄埔军校教导团第二团第三营营长，与后来成为黄埔八大金刚的顾祝同、陈继承等平起平坐，不久又升任第一军第一师第二团党代表、团长等职。这一切，都表明了他在军界发展的巨大潜力。

山雨欲来

在蒋介石的词典里，“共产党”是放在另册第一条的“敌人”。这种恶念，在蒋介石当年考察苏联的时候，就已经种下，如今已枝繁叶茂、根深蒂固。

收拾了陈炯明，广东政权稳固之后，蒋介石第一要做的就是“清理门户”。

不同的信仰，使两个新生的政党之间的罅隙越来越明显。蒋介石要的是绝对的“一党纯正”，要的是绝对的权力；而共产党要的是民生幸福和国家的独立，坚持“扶助农工”。

1925年3月12日孙中山在北京逝世后，他的遗言只是“救中国”，并没有指定要谁去救，也就是没有指定接班人。没有指定接班人的恶果立即显露出来，此时的广东革命大本营，形势一片扑朔迷离，国民党内迅速形成三派：

一派是元老胡汉民，他因为坚持反对孙中山的“三大政策”而成为右派领袖。

一派是元老廖仲恺，他则坚决支持孙中山的“三大政策”而成为左派领袖。

另一派就是汪精卫，他持中间路线。当时的汪精卫把自己伪装得非常巧妙，表面上看起来，他更倾向于支持左派。

在这三派都有希望问鼎最高权力时，有一个人对胡汉民的上位起到了绊脚石的作用，他就是国民党元老廖仲恺。

孙文死后两个月，廖仲恺就发表了《革命派与反革命派》一文，毫不遮掩地展开了他对国民党右派的批评。尤其是对驻在广东省内的军阀各据防地、霸占税收、开烟馆、设赌场，飞扬跋扈、欺压人民的状况深恶痛绝。他提出坚决主张改组军队的意见，作为财政专家，他还提出要统一财政。

左派向右派掷出的这枚“手榴弹”，爆炸效果非常好。

6月，国民党中央召开全体会议，胡汉民仅捞得个外交部部长一职，可谓位卑人轻，与他的元老身份极不相称。胡汉民不是吃素的，明争暗斗着，两派斗争也日渐白热化起来。

1925年8月20日上午8时，廖仲恺偕同夫人何香凝驱车前往中央党部参加中央执行委员会第一百〇六次会议。当汽车到达党部大门前时，廖仲恺先下车，在门前登至第三级石阶时，突然跳出两个暴徒，向他开枪射击，大门铁栅内也有暴徒同时向他开枪。二十余发子弹，廖仲恺中了四枪，枪枪都直击其要害。谁是幕后策划者？这个问题，迅速被提上日程。国民政府组织了“廖案检察委员会”，委员会的组成名单：汪精卫、许崇智、蒋介石。汪精卫作为主席，许崇智作为军中代表，而蒋介石仅仅是代表廖仲恺的单位成为委员会成员的。

廖仲恺的死，为蒋介石的上位提供了一个绝好的机会。而且随着事情的发展，越来越有利于蒋介石。随着调查的深入，很多证据都直指胡汉民。有证据说明：组织和收买凶手的是胡汉民的堂弟胡毅先及其死党朱卓文、梁鸿楷、魏邦平等人。胡汉民彻底失败了。

蒋介石就这样成为国民党的二号人物，实际操纵着国民革命军的军权。

蒋介石对共产党的力量早有不满，共产党势力的发展常常令他坐卧不安。

1925 年，三月的南国，一派春和景明，和煦的春风让万物复苏，不时有雨打枝头，繁花点点，把广州街头装点得格外迷人。这一派温暖的春光，左右不了人间的冷暖。元旦以来，蒋校长已召集多次秘密会议，从各个渠道汇集起来的消息表明，蒋校长即将对共产党有所行动。政治敏锐的金佛庄对政局变化有了某种预感。作为浙江人，金佛庄更了解蒋介石，蒋介石固执敏感、刚愎自用。作为一名军事领袖人物，他是一位非常严格的指挥官，说一不二；凡事想争第一，只交对他有用或可助其达成目的的朋友；蒋介石认准的事情，可以不顾一切为之奋斗，不惜付出一切代价。金佛庄知道，蒋介石一旦动念，绝无儿戏，迟早会动真格儿的。

经过将近一年的准备，蒋介石的刀已经磨得非常锋利，寒光闪闪，已经举起，只待时机来临，便砍将过来。不过在当时共产党高层，还根本没有意识到事件的严重性，甚至对提供蒋介石动向的同志给予批评，要求不能破坏国共合作的大好形势。

对政治非常敏锐的金佛庄已意识到事态的严重性。1926年3月初，金佛庄找到周恩来，他向周恩来汇报了自己的思考，提出自己的忧虑。周恩来也有同感，但碍于情况还不明朗，不便于做出果断决定、采取果断措施，周恩来嘱咐金佛庄小心些，注意人身安全。

金佛庄离开后，周恩来与时任黄埔军校汕头分校区队长的中共秘密党员廖运泽和教官顾仲起等同志加强联系，做好应变准备。

此后，以蒋介石为首的国民党右翼势力在对待共产党的态度上越来越微妙。3月18日夜晚，金佛庄在洪家花园驻地的行军床上辗转反侧。当前的情况，就像人们常说的“痒”，“痒”是一种感觉，无法用准确的词语来描述，甚至连具体的部位都很难说清楚。可就是这样无法用准确的词语来描述的感觉，却是实实在在存在着的。金佛庄披衣在灯下写下了《金佛庄自述》，全文两千多字。在这篇自述中，金佛庄回顾了投笔从戎的过程，条分缕析，各个阶段明确，表明了献身革命的决心，对自己的后事及家事等安排分别作了交待，还抄录一式三份，另两份交给挚友林青保存。这件事表明，文化素质较高的金佛庄忠于信仰，处事周全，思想敏捷，且善于思考。

在蒋介石积极密谋反共的时候，北方也不得安宁。1926年3月12日，冯玉祥的国民军与奉系军阀作战期间，日本军舰掩护奉军军舰驶进天津大沽口，炮击国民军，守军死伤十余名。国民军坚决还击，将日舰驱逐出大沽口。日本竟联合英美等八国于16日向段祺瑞政府发出最后通牒，提出撤除大沽口国防设施的无理要求。3月18日，数千北京学生和市民乃集合于天安门前开“国民大会”，声言反抗“八国通牒”。上午10时，国民党北京执行部、北京市党部，中共北方区委、北京市委，北京总工会，学生联合会等团体与八十多所学校共约五千多人在天安门举行“反对八国最后通牒的国民大会”（即“318”抗议大会），号称十万人抗议大会。广场北面临时搭建的主席台上悬挂着孙中山先生的遗像和他撰写的对联“革命尚未成功，同志仍须努力”。台前横幅上写着“北京各界坚决反对八国最后通牒示威大会”。大会结束后，游行队伍由李大钊率领。一时群情激奋，呼啸着冲向国务院。按预定路线，从天安门出发，经东长安街、东单牌楼、米市大街、东四牌楼，最后进入铁狮子胡同（今张自忠路）东口，在段祺瑞执政府（今中国人民大学清史研究所）门前广场请愿。示威群众公推代表去向卫士长交涉，要求开门放队伍进去，并请段祺瑞和国务总理贾德耀出来见面。在执政府内开会的总理贾德耀等人知难而退，从侧门离开。而事件发生时段祺瑞并不在执政府。这时执政府卫队长乃下令开枪。墙里头最先打响了三枪。枪声骤起，群众前逃后冲，秩序大乱。有记者披露，示威者有人执带铁钉的棍子并抢士兵的枪，《临时执政令》则认为游行者“闯袭国务院，拨灌火油，抛掷炸弹，手枪木棍，丛击军警。各军警因正当防卫，以致互有死伤。”被打死学生和市民达四十七人。伤者一百五十余人，包括两名便衣警察、一名卫兵。死者中为人们所熟知的有北京女子师范大学学生刘和珍，李大钊和陈乔年也负伤。史称“三一八”惨案。

趁着北方混乱，身在广州的蒋介石一刻不闲地在谋划攫取更多更大的权力。他要成为一号人物，面前有两大障碍，一是国民党内部汪精卫的地位，一是共产党的实力。在当时，汪精卫的障碍是第一位的，共产党还只是潜在的危险。在孙中山和廖仲恺都去世后，汪精卫成了国民党的一把手，汪也想在军队里赢得地位，可为时已晚，蒋介石不会让他插手军队。蒋介石虽然拥有兵权，也无时无刻不在防着汪精卫会对他动手。为了制住汪精卫，蒋介石抢先以兵相威胁，选择了汪精卫惟一能够控制的海军局为目标。

果然不出金佛庄所料，仅一两天后，1926 年 3 月 20 日，广州发生了“中山舰事件”，蒋介石悍然下令出动大队军警袭击了海军局代局长李之龙的住所，将其拘捕，扣上“谍判”等罪名，以试探共产党和国民党左派有什么反应。

结果，汪精卫和共产党都没有反应。

汪精卫本来就与李之龙没有任何利益关系，也犯不着为李之龙去得罪蒋介石；共产党这边，周恩来和广东省委书记陈延年想借此机会把共产党自己的武装力量建立起来，以钳制蒋介石。周恩来很有信心地指出，中共在黄埔军中掌握相当的实力，第一军共三个师，下辖九个团，其中两个师的党代表是中共党员，九个团党代表中有七名共产党员，尤其还有金佛庄、郭俊两位握有实权的团一级指挥官，只要有决心，未必不能与蒋介石一较长短。这个方案陈独秀也表示赞成，但受到共产国际代表鲍罗廷的反对，陈独秀无奈，便派张国焘来广东处理此事，张俨然是共产国际的代表，一句话便把李之龙置于死地，他说："李之龙是个不纯分子，目无党的领导。他为什么指使中山舰开赴黄埔？他为什么得罪了那么多的国民党将领？他是否与反革命勾结？一定要查清严肃处理，在党内决不能姑息养奸。"

蒋介石此行为实质是"清党"反共之前奏。国民党连夜召开会议，提出了限制共产党的所谓"党务整理案"，接着，要黄埔军校的干部和学生填表声明党籍，不准跨党。周恩来退出第一军，金佛庄被解除团长职务。

聂荣臻元帅曾说："虽然蒋介石兼第一军军长，但真要打起来，他能指挥的力量是不多的。"这句话的意思是，第一军是国民革命军的王牌军，而国民革命军第一师第一团团长郭俊、第二团团长金佛庄都是坚定的共产主义者，是在国民革命军中享有崇高威望的共产党员。但由于党的主要领导人的退缩，蒋介石的阴谋轻易就得逞了。

当时，所有被赶出第一军的中共党员，均安排在一个所谓的高级训练班集中受训，由周恩来任主任，该班的所有人员其实已被蒋介石打入"另册"，成了防范的对象，危险人物。数天以后，训练班结业，其中大多数人都被分配到其他各军，永远也无法再重新迈入第一军的大门。

惟有金佛庄的去向让人寻味。蒋介石居然将其调回自己的武装重镇黄埔岛，担任步兵第一团军事主任教官，兼改组委员会委员长及法规编审委员长。蒋介石之所以如此安排，其原因不难理解，由于被驱逐的共产党人大都是部队的骨干，造成了人才的大量流失，一时间，部队的管理、作风、战斗力皆急剧下降。加之金佛庄又是浙江人，人才难得，蒋介石弃之不舍，认为他迟早有能力把金佛庄争取过来，如果争取不过来，再动手不迟。因此他采取了一种圆通的办法，将其留在军校，既方便对其继续争取，又便于重新启用。

这时，郭俊也被解除职务，回到军校，担任步兵术科总教官和法规编审委员。他们再次携起手来，为制止新型军队内部滋长旧式军队恶习，建立新型革命军队，制订了一系列校规法规。黄埔军校的法规制度就是出自他们之手。

再说那跟“中山舰事件”紧密相连的共产党员李之龙。眼看张国焘要把自己的同志置于死地，周恩来出面请宋庆龄和何香凝说话，蒋介石才放了李之龙。后来，蒋介石几次想把李之龙留在身边，但都遭到李的拒绝。于是，蒋介石把李之龙派到邓演达手下做宣传工作，邓信任李，立刻委以少将宣传处长之职。

李之龙随北伐军进入湖北，身为湖北省委书记的张国焘又成了他的克星，这真是命运不济。李得不到重用，夫人潘慧勤又刚生了孩子，连个安静的环境都没有，十分苦恼。这时正值四一二反革命政变前夕，蒋介石发来电报，要求李之龙立即到他身边来工作，然而，李之龙在如此得不到党组织信任的情况下，仍然坚定地拒绝了蒋介石。李之龙不愧是一个顶天立地的共产党人，没有被个人的荣辱名誉所困扰，而是迅速从徘徊中解脱出来，积极投入武汉的革命活动，后又只身返回广州做海军方面的策反工作，失败后逃往日本。半年后又潜回广州，不幸被捕。蒋介石得知消息，马上打电话命令将他送往南京，但为时已晚，李之龙已于一天前在黄花岗殉难。他在临就义时，给妻子写信诀别：“慧勤，我的革命义务现在结束了，不要悲伤，希望你把孩子抚养成人，继承我未完成的革命事业。”李之龙牺牲时，年仅三十一岁。

时代的强音

不断强化和巩固金佛庄信仰的，是稍前的两份刊物《向导》和《新青年》，这两份刊物对国民党右派的反革命言论进行了揭露和批判。尤其重要的是1925年12月5日在广州创刊的《政治周报》对当时的中共党员和国民党左派，起到了灯塔作用。

这份由时任国民党中宣部代理部长的毛泽东主持的报纸每期发行四万多份，为国民党中央宣传部主持出版的中央级机关报，是当时较有影响的报刊之一。毛泽东任第一任主编，毛在发刊词中说："向反革命派宣传反攻，以打破反革命宣传"是《政治周报》的责任。这里所指的反革命宣传主要就是西山会议派的宣传。

西山会议派是国民党内的一个反对孙中山联俄、联共、扶助农工三大政策的派别。代表人物有谢持、邹鲁、林森、张继、居正等。1925年11月23日，谢持、邹鲁、林森等在北京西山碧云寺孙中山的灵前，召开国民党一届四中全会，考虑国民党的去向问题和解决国民党内的共产党问题。11月16日，林森、邹鲁、戴季陶、谢持等人联名写信给国民党中央及国民党上海执行部，要求"清党"。20日，国民党中央执行委员会急电李大钊、王法勤、于右任等，指斥林森等人的分裂行为，要求国民党北京执行部切实查明。11月21日，国民党中央执行委员会再次急电李大钊等人，取消国民政府外交代表团邹鲁的代表职权及名义，并将他交国民党北京执行部查办。但这一切并没有阻止他们的进一步活动。23日，会议如期举行。出席会议的有中央执行委员叶楚伧、居正、沈定一、邵元冲、石瑛、邹鲁、林森、覃振、石青阳，候补中央执行委员茅祖权、傅汝霖，中央监察委员张继、谢持共十三人。会议宣布取消共产党员的国民党党籍，开除共产党人谭平山、李大钊、毛泽东等的中央执行委员会委员和候补中央执行委员职务，并取消他们的党籍。会议通过了《取消共产党员的国民党党籍宣言》《开除国民党中央执行委员共产党人李大钊等通电》《取消政治委员案》等决议。由此西山会议派成立，这批人被称为西山会议派。他们在上海成立“国民党中央党部”，在北方等地设立地方党部。

西山会议派虽因1926年1月中国国民党第二次全国代表大会通过了弹劾西山会议派的决议案而成为非法组织，邹鲁、谢持等人受到处分，但西山会议派的毒瘤却在暗地里扩散蔓延。

《政治周报》在这场反击国民党右派的斗争中有着特殊的作用。它不仅先后由毛泽东、沈雁冰、张秋人等著名共产党人担任主编、副主编，不仅有许多著名共产党人为之撰稿，而且由于它是国民党中央宣传部主办的刊物，它刊登国民党各种正式会议文件，刊登何香凝等著名国民党左派人士的报告，同时还刊登广东国民党政府一些头面人物的文章和报告，这就使它在北伐战争前夕的具体历史条件下影响十分广泛，成为进一步巩固国共合作，反对国共分裂的重要舆论阵地。

这份报纸虽然只出了十四期，但每一期都像一块擦亮眼睛的特殊锦布，给金佛庄带来光明和温暖，使他愈发坚定自己的信仰。不仅金佛庄本人，不仅所有读到这份报纸的共产党员、国民党左派，就是对那些投降派，都能起到说服和规劝作用。

1926年5月，蒋介石看到自己的势力渐厚，便在国民党二届二中全会上提出了限制共产党的《整理党务案》。由此在国民党中央担任职务的共产党员被迫离职，毛泽东同志也辞去了代理宣传部长的职务。当年6月5日，《政治周报》亦随即停刊。

金佛庄是这份刊物的忠实读者和优秀撰稿人，他从这份杂志看到了民族和革命的希望和未来。刊物虽停了，信仰却更加坚定明确，成了谁也改变不了、谁也拿不走的东西。

第六章
一双铜剑秋水光 衾铁棱棱梦不成

前瞻之智

在风云际会的革命初期，天空似乎无比辽阔，每一个有胆有识的人都有尝试飞翔的机会，每一种势力都有萌动的可能。

而当革命发展到一定程度，因为信仰不同，曾经辽阔的天空变得越来越有限，可供飞翔和萌动的空间越来越狭小，稍不留神便有可能被挤轧出局。

金佛庄在写《金佛庄自述》的时候，国共两党的合作还未正式破灭，从表面上看，甚至可以说似乎还处在蜜月期。1926 年 4 月 20

日，全国第一次农民代表大会在广州举行。中共中央在致大会的信中指出，农民运动必须与全国的民族革命运动相结合。同时指出，中国的民族革命运动，只有得到农民大众的参加才会成功。信中特别强调，农民运动必须接受工人阶级的领导，必须与工人运动相结合。5月3日，第六届农民运动讲习所开学，9月11日结业。这届农讲所由毛泽东任所长，萧楚女任教务主任，招收来自全国二十个省区的三百余名学员，为北伐战争中全国农民运动的蓬勃发展准备了干部。

可是，金佛庄已经从这表象里看见了不祥的端倪。也许同是浙江人的缘故，金佛庄非常了解蒋介石。蒋介石的一举一动许多人看不出深意，金佛庄一见便明了了。

蒋介石牢记“有力即有权”这条著名原刚，在出任黄埔军校校长之初，就竭力建议以黄埔学校为基础建立一支新陆军，反对以粤军中最忠于孙中山的那些部队为骨干成立国民革命军的主张。1924年12月，以黄埔军校毕业生为骨干的黄埔军校校军正式建立了两个教导团。蒋介石乘机把他的亲信人员塞进教导团任职。后来，教导团扩充为教导师，成为蒋介石嫡系部队国民革命军第一军的基础。

为了在黄埔军校培植个人势力，蒋介石在黄埔军校进行了广泛活动。军校成立初期，蒋介石就利用“孙文主义学会”进行派别活动，打击军校里的中共团体。后来。蒋介石又一手组织了“黄埔同学会”，自任会长。该会宣布：凡属黄埔军校学生，都是“当然会员”，“均须在同学会的监督指导之下，效忠于中国国民党，奉行三民主义，绝对服从校长领导，不得有任何的其他组织活动。尤其是不准从事共产主义宣传，如有违者，应受严厉处分或以叛逆论处。”同学会“一切会务均听命于会长”。凡黄埔学生的联络指导、考核，工作安排、纪律处分，均由同学会决定或建议，交蒋介石批准。依照当时国民政府的规定。黄埔军校学生毕业后见习三个月，支准尉薪，期满合格升为少尉。由少尉依次递升至中校，一般需要八年至十年时间。但在同学会工作的黄埔学生，只要见习期满，“一律支中校薪银元一百八十元”。

1925年7月1日，国民政府成立。为将地方军阀部队统一在国民政府的领导之下，成立了以蒋介石为主席的军事委员会，并将各地方军名目一律取消，统称为“国民革命军”，先后组编了八个军，以蒋介石为总司令，国民革命军共约十万人。其中，第一军为蒋介石的嫡系部队，有两万多人。

1925年8月20日，廖仲恺被刺。蒋介石与汪精卫、许崇智被国民党中央执行委员会指派组织特别委员会，“授以政治、军事、警察全权”，负责处理“刺廖案”及时局问题。蒋介石遂利用特委会名义，宣布自己就任广州卫戍司令兼国民革命军第一军军长以后，又迫不及待地把矛头指向广东实力派的代表人物、原建国粤军总司令兼第二军军长、国民政府陆军部部长许崇智，下令广州戒严。并发函许崇智，要其“暂离粤境”，暗中则唆使亲信制造“许崇智即将乘广九路火车去香港，与叛徒陈炯明会晤"的假情报。旋即以此为由派兵包围了许崇智的粤军总部；授意粤军中的一些非广东籍将领采取行动，逼迫许崇智逃往上海。接着，蒋介石将许崇智的旧部郑润琦第二师、莫雄旅编入由他直接指挥的第一军，并把许崇智系的广东省财政厅长李鸿基撤职逮捕。此举的成功，打击与削弱了广东的地方军阀势力，巩固了蒋介石在广东的军事政治地位。

蒋介石在排除粤军势力的计划成功后，为了排斥打击共产党人，又于1926年3月18日，指使孙文主义学会会员欧阳格，以黄埔军校交通股股长兼驻省办事处主任的名义到海军局传达命令说：“转奉校长命令，着即通知海军局迅速派兵舰，开赴黄埔听候差遣。”可当19日中山舰遵命开赴黄埔时，他们却回称：“并无调遣该舰之命令。”旋经舰长李之龙请示蒋介石同意，于当天下午六点时将中山舰驶抵广州。但在3月20日凌晨三时，蒋介石却突然以防止中山舰“有变乱政局之举”为借口，宣布广州戒严，任命欧阳格为海军舰队司令，派兵逮捕李之龙，占领中山舰。并派兵包围了苏联顾问团住宅，监规苏联顾问的行动，又派兵包围省港罢工委员会以及收缴工人纠察队的枪械。紧接着，蒋介石又以加强革命军人之间的团结为理由，解散了黄埔军校的中共团体“中国青年军人联合会”，强令在黄埔军校及第一军工作的共产党员全部撤出。

纵观历朝历代的帝王，没有哪一个不是“可以同患难、难以共富贵”的，野心勃勃的蒋介石亦不例外。作为一名信仰马列主义的忠实的共产党员，金佛庄预感到时局将发生变化，在撰写类似于遗嘱的《金佛庄自述》之前，他从汕头驱车四百多公里赶往黄埔，向时任黄埔军校政治部主任的周恩来汇报了自己的思想。

历史没有记录这二人的详细交谈内容。我们不妨设定，那是个残阳似血的黄昏，向晚辉煌的霞光铺在粼粼的珠江江面上，金佛庄来不及抖落遍身的灰尘，便与同样年轻英俊的周恩来就时局进行深入交流。金佛庄的担忧也正是周恩来的担忧。二人深感，共产党人将在即将到来的风雨变故中处于被动地位，即使对时局了如指掌，共产党人也没办法采取主动措施，否则，将给以蒋介石为首的国民党新右派镇压共产党落下口实。而且，不久前代表中共中央前来黄埔军校处理“中山舰事件”的张国焘还盛赞蒋介石的领导。此时，如若采取断然行动，不但得不到中共中央的支持，连党内的同志都觉得费解。周恩来对金佛庄说，既然局势如此，我们各自当心，各人加强防备，静观其变，相信公道自在人心，一时的强势不等于永远的强势，人民最终是会有选择的。

忍辱之力

蒋介石从来没有放弃过对金佛庄的收买。

“中山舰事件”之后，黄埔军校学生中两条路线的斗争越来越尖锐。由于国民党占据了“区位优势”，一部分曾经兼跨两党的学生退出了共产党。蒋介石更是千方百计收买黄埔军校学生中的共产党员，但是，绝大多数共产党员都能坚持自己的信仰，站稳立场，没有坠入圈套。

1926年，金佛庄退出第一师第二团团长职务，奉命从汕头驻地赶回黄埔军校第四期步兵团任军事主任教官。蒋介石再次以“同乡”的身份约见金佛庄。

蒋介石说：“佛庄，你是党国可堪重用的人才，不管把你放在哪个位置上，你都能为党国建功立业、争光添彩。”

金佛庄没有立即回答，他看了看眼前这位野心在消瘦的身躯里波涛汹涌此起彼伏的校长，望了望窗户外面肆无忌惮蓬勃发展的春光，感到无比压抑。他对蒋校长此番约见的意图了如指掌。

果然，简短的寒暄之后，蒋介石提出让金佛庄退出共产党：“从此干干净净，无牵无挂，一心为国民革命，佛庄兄前途无可限量啊！”

金佛庄分明感受到蒋介石收买自己的急切，但他牢记之前中共有关方面对他工作的指示：在蒋的队伍里保存实力，以作将来应变的基础。他以百倍诚恳的态度对蒋介石说：“感谢校长一片苦心！学生向来对党派不甚了解，眼下也请校长容许学生暂时糊涂，留给学生足够的思考时间。校长若有工作安排，学生定全力以赴，以干好工作便是。”

这一年，蒋介石对共产党多有行动，其言行反反复复，一会儿要联合，一会儿要排斥，最终，联合不过是作暂时的表面文章，排斥和打击才是蒋介石的根本目的。

蒋介石的行动是有计划、分步骤实施的。

1926年4月3日，蒋介石提出《请肃军肃党、准期北伐建议》，要求国民党内和军内的共产党人“不能任党代表”和暂时退出军队。周恩来和苏联顾问前去面见蒋介石，商讨“中山舰事件”后广东政局，蒋介石仍坚持排斥和压制共产党。

4月8日，蒋介石对军校官长讲演，说“国民革命军的党代表要完全是国民党员才可担任”，反对共产党但任党代表，提出“第一军的党代表统统调回再训练”。由此，第一军中任职的共产党员开始退出第一军。

半个月不到，蒋介石根据形势，又改变了说法。蒋介石在为退出第一军的党代表及共产党人官长二百人举行晚宴，讲述“中山舰事件”时说：“如果要知此回事变的真相，等我死后，看我的日记好了。”还说：“如果杀共产党，无异于自杀。”

到了6月28日，蒋介石的态度再次强硬，在军校纪念周大会上，蒋介石发表讲话，再次提出：“军校跨党党员退出共产党，或者退出国民党。”还强令：“跨党党员限于星期三止，向各连连长申明，由各连连长汇呈校长办公厅来报告校长。”

7月27日，蒋介石自东山寓所赴黄沙乘火车北上，临行发表《留别全体长官学生书》，勉励师生“本党使命为谋合全民革命，而必植基于农夫、工人，且与共产党合作”。

明眼人一眼便能看出，蒋介石对反共蓄谋已久，他所有反反复复的“变”，都是为最终的不变做好基础和准备的。

克敌之功

北伐是孙中山先生的多年愿望。在黄埔军校建校不久，他就发表《北伐宣言》，由黄埔军校第一期学生随从护卫，亲往韶关督师，向北进军，但因广州商团叛乱而中止。周恩来则力主“将革命思想传到全中国”，在惠州追悼阵亡将士大会上，更明确号召：“第一，统一广东；第二，统一全国；第三，打倒帝国主义。”当年投奔黄埔任教和求学的多是国共两党所输送的富有革命思想的人，他们在孙中山三民主义和马克思共产主义的革命思想哺育下，积极参加北伐。黄埔军校前几期学生毕业会宣誓：“决志于广东统一之后，更努力全国统一”“为主义而奋斗，为主义而牺牲。”由此，也把孙中山三民主义和马克思共产主义革命思想融为一体，带动了全校师生在军校里通常训练，同窗切磋；在战场上生死共赴，并肩作战。

北伐军以黄埔军校师生为支柱。通过统一广东的多次战斗，以教导团为核心骨干起家，一年之间已先后从在校学生军、东征军、党军，进而扩编成国民革命军，都依赖于黄埔军校的政治骨干。他们以统一广东的威望，赢得领居国民革命的首脑和主干地位。1926年6月5日叶挺独立团攻克湖南攸县，取得了北伐第一仗的辉煌胜利。6月6日，蒋介石任国民革命军、北伐军总司令，副校长李济深任总参谋长，教育长邓演达任总政治部主任，军校秘书长邵力子任总司令部秘书长，黄埔第一期毕业生蒋先云任总司令部侍从机要秘书，金佛庄任总司令部警卫团少将团长。

此时，国民革命军的首要任务是北伐。为了与孙中山1924年所领导的北伐军相区别，1926年由蒋介石领导的军队一般称“国民革命军”，而不称“北伐军”。

7月，为消灭各地军阀割据势力、统一全中国而进行的北伐战争正式爆发。7月4日，国民党发表为国民革命军出师北伐宣言。9日，国民革命军誓师北伐。

此时，中共的领导人对时局作出了错误判断，给整个组织的工作带来被动。7月7日，陈独秀发表《论国民政府之北伐》一文，错误地认为北伐时机尚不成熟。他的这种认识，受到党内批评，也受到国民党的攻击。

北伐分三路进军。西路攻克长沙、武汉，中路攻克南昌、九江，东路夺取了江、浙、赣，不到一年即将革命推进到长江流域。北伐中，蒋介石竭力保全装备最好、兵员最足的嫡系部队国民革命军第一军，只抽两个师给王柏龄指挥，随他入赣当“御林军”。其主力则留给何应钦开赴富庶的江浙地区对付弱敌。蒋介石利用北伐机会，不断扩大了自己的军事实力。

1926年是一个极不平凡的年份，1月27日，苏格兰发明家贝尔德发明了电视机；2月8日，美国考古探察队在墨西哥发现玛雅人金字塔；3月16日，美国火箭研制的先驱者、科学家罗伯特·戈达德制造的世界上第一枚液体火箭升空。7月9日，国民革命军开始以统一为目的的北伐战争；7 月 23 日，“民生”轮从重庆启航，开始了民生实业股份有限公司第一批航运业务。

而另一个国家却仗着船坚炮利，在中国的土地上为所欲为。这一年的 6 月至 8 月，英国轮船在川东长江内河先后撞沉中国民船四艘。6 月 29 日，英轮“万流”号又撞沉杨森军队木船三艘，溺死六十四人。7 月 4 日，英方调集军舰，另在商轮上潜伏士兵，冲向因为非作歹、伤害中国人民被川军扣下的“万流”“万通”两轮，毙伤守卫川军，将船上被扣押人员全部救走。同时开炮轰击万县达三小时之久，炸毁房屋千余间，军民死伤达五千余人，整个县城变成断壁残垣。12 月 26 日，英轮“亚细亚”号在汉口附近长江江面撞沉中国商轮“神电”号，导致四百多人淹死。

为什么单独提到英国？当时长江流域是英国的势力范围，国民革命军北伐，势必触动英帝国主义的利益，甚至可能一度失去这些势力范围，所以英国人在长江上想方设法横生事端，阻挠北伐。而且英国也是孙传芳的主要支持者，他们从孙传芳那里获得好处已成了惯例。

另外，专门提到英国还有另一个重要的原因：有史料表明，金佛庄的死，与这个国家派驻长江轮船上的间谍有关。

国民革命军在进军途中，受到沿途群众的普遍欢迎，各地工农组织如上海工会、河南红枪队、湖南农会、福建民兵、武汉纠察队如大潮翻涌，声势浩荡，对支持北伐战争、壮大革命威势，发挥了相当大的作用。当年省港工人罢工委员会组织了三千多人的运输队、宣传队、卫生队随军远征，韶关上万农民随军北上，湖南各地农会纷纷组成宣传队、慰劳队、破坏队、长矛大刀队、敢死队等，为北伐军担任侦察、带路、送信、救护，有的拿起武器直接参战。

黄埔军校师生担任军、师、团长、参谋长、各级党代表、政治部主任的人数很多，使北伐军的军事和政治素质都得到了有力的加强，他们训练有素，作战英勇。冲锋陷阵，破敌攻城，立下不朽战功。8 月，国民革命军在湖南、湖北战场势如破竹。在著名的汀泗桥、贺胜桥之战中，黄埔师生与兄弟北伐军共同战斗，最先突破敌人阵地，为克天险、破要塞立下首功。他们带动全军歼灭吴佩孚主力，打破敌阵大门，为北伐部队扫荡湘赣敌军，长驱直入铺平了道路。27日晨，第四军攻克汀泗桥，攻占咸宁。28日，吴佩孚赶到贺胜桥督战。30日晨，北伐军总攻，双方死伤惨重。最后，叶挺独立团突入敌阵，占领贺胜桥。武汉之战，由邓演达担任攻城司令，第四军叶挺“独立团”主攻武昌城，刘峙第二师投入战斗，随军第六期入伍生参加挖地道攻城，最后胜利破城。

蒋介石虽然排挤共产党员，但真正有才华的共产党员他还是想收为己用的。北伐战争开始以后，蒋介石重新对郭俊、金佛庄委以重任。郭俊担任第一军少将兵站监（第一军后勤部长），金佛庄为总司令部警卫团少将团长。金佛庄统率总司令部警卫团的精锐部队，在北伐战争前期，随总部指挥机关行动，转战广东、湖南、江西等地，所起的作用非同一般，“总部出发湖南，兼临时指挥官，军进汉皋，留守长沙，遇事精勤，蒋中正倚之如左右手。”在此期间，蒋介石也加紧了对金佛庄、郭俊的拉拢，于是，金佛庄把蒋介石拉拢他们的情况向党中央如实汇报，中央指示他佯装被拉拢，以便秘密监视蒋介石。之后，金佛庄统率总司令部警卫团的精锐部队，随总部机关行动，转战广东、湖南，江西等地，保卫着总司令部指挥机关和苏联军事顾问团的安全。

1926年秋，中路江西一线的国民革命军第三军、第七军，遭到孙传芳军阀部队三个主力军的顽强阻击，省会南昌城得而复失，战局呈僵持状态。蒋介石以北伐军总司令的身份，率增援部队从两湖转入江西“督师”。在进攻南昌外围的蛟桥、牛行车站战役中，由于第三军攻击正面太宽，兵力不足，蒋介石就把金佛庄的警卫团作为总预备队的一支突击主力，并把补充第四团的第二营也临时拨归他指挥，增援右翼作战。金佛庄率领部队来到前线，指挥冲锋，身先士卒，以猛虎下山、锐不可当之势，直扑敌军，很快将敌军击退，并乘势冲过蛟桥，压迫敌之侧背，会同各友邻部队，齐向南昌城进发。11 月 8 日，北伐军再次攻克南昌，受到南昌人民的夹道欢迎。

11 月初，金佛庄率警卫团参加总预备队，加入进攻浙苏皖赣五省联军总司令孙传芳统治下的江西南昌外围战斗。是役，打得很激烈，北伐军的朱培德、第三军的程潜、第六军均投入血战，伤亡惨重，他们应是克敌制胜的主要力量。另一路北伐军中张发奎的第四军、李宗仁的第七军更是骁勇善战，打了几场大胜仗，战功赫赫，举世瞩目。而蒋介石的嫡系部队第一军，在北伐中则是战绩平平，还两次打了败仗，令蒋介石感到很没面子。

安民之能

经过多次争夺战的南昌城光复之后，社会秩序比一锅粥还要乱，居民流离失所，房屋损毁严重，物价飞涨，孙传芳残部伺机破坏，盗匪横行，大白天都敢抢劫商铺和行人，入城的国民革命军各军军纪宽严不一，严的秋毫无犯，老百姓的门板都不敢动一块；宽的则严重失范，持枪勒索米粮商店，跟土匪别无二致。南昌城活脱脱就是一个到处都是筛子眼儿的烂摊子。

“必须维护好南昌城秩序，否则我们拿下一座城池，便废掉一座城池——与其这样，还不如不要发动北伐战争。”有报纸在报道南昌的乱象时，急切呼吁北伐的国民革命军把南昌治理好，重还老百姓以太平。

国民革命军总司令部清楚，维护好南昌城的秩序，不仅事关南昌老百姓的切身利益，而且关乎国民革命军北伐的形象，更关乎北伐的目的和意义。

国民革命军的报纸立即回复：要把战后的南昌城建设成北伐后的样板城市。

此事说起来容易，做起来并不简单。其他作战部队无法抽调，城市宪兵一时无法组建——当时国民革命军对宪兵只有模糊的概念，黄埔二期曾设宪兵科，第二次东征，以随军警卫学兵连改为宪兵连，旋扩充宪兵连为宪兵营，并于黄埔军校成立宪兵训练所；北伐时期，将原宪兵营整编为三个独立连，另成立宪兵团，随军北伐，计划中的宪兵队至此还没有机会诞生——维持南昌城秩序的重任自然交给了金佛庄所带领的警卫团。金佛庄被任命为检查司令，设司令部于东湖贡院。面对一堆乱麻，金佛庄“快刀”与“慢刀”同时使用。

首先发布告示，要求所有商家秉持善念，以和平安宁为要，平抑物价；设置难民收容所，在难民中挑选年轻力壮的参加到革命队伍中来，以减少潜在的滋扰力量；其余的民众通过安排织造军队所需的衣物、鞋袜，得到安置；要求混迹于市民中的孙传芳残部立即投降，否则一经举报查实，格杀勿论；警卫团白天加强巡逻警戒，夜晚一律宵禁。

当时南昌城南有一富商，经营米面生意，仗着自己有上百条枪护卫，根本不把金佛庄的告示放在眼里，全城的米粮贩子都以他为风向标，且大多数小米粮店从他的总店分销而来，他那里水涨，其他米粮店自然船高。

国民革命军普遍认为，应以武力镇压，得而诛之。

金佛庄了解到，此人在国民革命军入城初期，表现积极，曾给国民革命军送来钱粮，并在商铺内外遍插彩旗，对革民军表示欢迎。可就在友军北伐部队在他家院子里借宿两晚之后，此人立即收起彩旗，闭门不出，抬高全市米粮价格，弄得南昌城的市民人心惶惶。金佛庄觉得蹊跷，知道这里面一定有缘由。

金佛庄决定去会一会这个富商。副官问他要带多少人。他说他一人前去足矣。

再说那富商收到金佛庄的拜见帖子，估计是兴师问罪来了，是福不是祸，是祸躲不过，横竖拼了，在院子里遍设埋伏，准备鱼死网破。当他一见是金佛庄只身前往，心头的怨气顿时消去一大半。

原来兄弟北伐部队借宿那两日，一个连长对他的三姨太言语非礼，还动手动脚。富商前去论理，对方以自己是北伐部队，以救苦救难的官长自居，根本不把富商放在眼里，富商据理力争，那连长“哗啦”一下枪栓打开，连长手下的兵也拉开枪栓。富商差点被当“孙传芳余孽”枪毙了。富商责问金佛庄：“孙传芳部队的官长见了我也礼让三分的，难道你们的部队还赶不上孙传芳的部队？”

金佛庄立即表态：“先生问得好！佛庄保证三天之内给您一个满意答复。”

在搞清楚部队番号之后，金佛庄请示了司令部，立即捉拿那个连长。那连长是土匪出身，之前已糟害过两个良家妇女，查实以据，那连长被验明正身，审讯之后，被枪毙于骡马市场边上。

消息刊登出来，当天下午，全市米粮跌至正常水平。富商将其训练有素的家丁分出一半，参加到北伐军的队伍中来。

依据担任法规编审委员长的经验，没有规矩不成方圆，军容军纪靠制度，有了制度靠执行，当制度约束成为习惯，你给士兵违法的机会，他们也知道应该秉持什么原则。金佛庄要求警卫团再次张贴布告，细化部队停驻和借宿规定，重申黄埔军校纪律，在每个士兵的背包上挂上一个新牌子，上面写着四句话：爱国家，爱人民，不贪财，不怕死。又从省港罢工支援北伐的队伍中挑选能歌善舞的人组成宣传队，在村庄和街头，教导士兵高唱《爱民歌》：扎营不要懒，莫走人家取门板。莫取百姓一粒粮，莫踏禾苗坏田产。莫打民间鸭和鸡，莫拆民房搬石砖……嘹亮的歌声响彻田野村庄、大街小巷，歌声不仅警示每一个北伐战士，也激励沿途的民众，北伐的革命军说到做到，不筹饷，不拉夫，不占民房，民众无不称赞。

国民革命军总司令部对此非常满意，蒋介石不止一次夸赞金佛庄是个难得的人才。

孙传芳部队的散兵游勇一见这位南昌检查司令如此明察秋毫，再不敢造次，要么卸甲为民，自谋生计，要么投诚。

一天夜里，巡逻队见远处一队黑影晃动，高喊：“口令！”

对方不知道革命军的口令，但是他们会蒙，假装老练回答：“北伐军队，回令！”

还“回令”呢！ 这边立即知道不是自己的部队，做好了应战准备。 金佛庄为防止敌方部队歪打正着，他让下属编的口令尽量与战事无关，这天夜里的口令是“乐府诗集”，回令是“四书五经”。

对方听见这面拉开枪栓，立即开火。 金佛庄这边早有准备。 敌人的子弹划破夜空，却打在土墙和其他障碍物上。 金佛庄的巡逻队当初就是总司令部的警卫团，个个是精挑细选的优秀士兵，相当于后来的特种兵，以一当十还绰绰有余，战斗很快结束，活的死的加在一起，敌人一共十七人。 这是被打散的孙传芳的兵，本打算乘着夜黑风高在南昌城内好好捞上一票，或远走高飞，或啸聚山林，没想到偷鸡不着，把自己给搭进去。

一时间，老百姓有了冤屈，立即想到：“我要去找金司令！”对方不管是带枪的部队还是豪绅，一听“金司令”就像宋朝百姓听说包公，不敢无事生非，自己偃旗息鼓，什么话都好商量。

连嫁女儿、娶媳妇儿、做寿、成人之礼等等，也以请到“金司令”为荣耀。 金佛庄自策自励，除暴安良，视民如子，《东阳县志》记载：当时南昌民众于官吏，只知有金司令。

金佛庄的好名声不仅流传于民间，他的同仁对他亦尊重有加。 革命军过去对牺牲的士兵一般查实原籍，对其父母家人给予慰问，派人送上一定数额的银洋了事。 南昌得而复失，战斗打得异常残酷，不要说敢死队员，就是正常牺牲的普通士兵，在牺牲前都作了殊死的搏斗，更有无数伤残军人，不得不退出军队。 金佛庄向总司令部提出，对死难者不能一次性发给抚恤金了事，而应连续下发多年，比如十年或者二十年，以使其子女可依靠此抚恤金长大成人，其父母能凭此抚恤金养老送终；对于伤残军人，亦应连续下发多年抚恤金，使其最终能在社会上自食其力，不至于贫困饥寒。

这条主张提出之后，士兵们自然欢迎，生命得到尊重，充满人性的温暖，对金佛庄更加敬佩。 而在国民党北伐总部却引起轩然大波，尤其是蒋介石，就在几个月前，他曾因经费问题，向自己的下属“求爹爹告奶奶”。1926年9月30日，已经“饷弹两竭”的蒋介石几乎已陷入绝境，可宋子文根本不急，军饷迟迟不到位。万般无奈，蒋介石通过张静江和谭延闿向宋子文“以死相争”，他在过往文书中写道：“十月份饷，尚未汇到，在鄂各军，或可设法，而在赣之一、二、三、六及十四各军，分文无着。今日总部只存万元，而前方伙食催发急如星火，窘迫至此，无以为计，中正惟有引咎自裁，以谢将士而已！”经过张、谭的软磨硬泡，作为下属的宋子文终于在10月采取补救办法，宋子文不仅向美国订印纸币、扩大央行发行额，还将广东毫券改为各省通行的元券用以接济军需。

此时的蒋介石最怕人家跟他提一个“钱”字，可金佛庄偏偏提了。

蒋介石单独召见金佛庄，希望他顾全大局，不要“雪上加霜”。

金佛庄只说了一句：“这不仅是告慰逝者之举，更是告慰生者之举措。”意思是说，你要让活着的弟兄们为你卖命，你必须做出一定的姿态来。蒋介石听后，默然不语。

限于当时财力，此举没有正式施行，却促使国民政府于1928年出台《国民革命军战时抚恤暂行条例》，抚恤的年限正式确定为二十年，一次性的抚恤金和每年发给的抚恤金也大大提高。

第七章 松风亭下荆棘里 精卫无穷填海心

蓬勃发展的国民革命军

国民革命军举兵北伐之初，北洋军阀政权跟戏台上演员似的，你方唱罢我登场，1926 年 4 月 9 日，冯玉祥发动北京政变把段祺瑞撵下台，北京政府处在混乱之中，由外交总长胡惟德、财政总长贺德霖、教育总长胡仁源三人暂时维持，欧美人士称之为“三 H 政府”。4 月 20 日，段祺瑞宣布下野，任命胡惟德兼署国务总理并摄行临时执政职权。

胡惟德出生于浙江吴兴一贫寒之家，少时被父母送入上海广方言馆就学，主修算学，兼习法文。修业十年后，胡惟德获准进入京师同文馆深造。1890 年，为清政府出使英、法、意、比四国大臣薛福成选中，随同赴英实习。此后，先后随驻外大臣杨儒赴美、驻俄，官至二等参赞。一战胜利后，身在巴黎的驻法公使胡惟德一方面为举办庆祝欧战胜利活动而忙碌，另一方面承担了中国参与巴黎和会的筹备工作。由于和会完全操纵在英、法、美、意、日五大国手里，中国争取山东回归的外交努力遭遇失败。在随后召开的华盛顿会议上，胡惟德虽未与会，但作为与当事国日本联系的官方代表，他及时将日本关于华盛顿会议的态度、政策电告政府，有助于形成北京政府的对日决策。他还随时向政府就中日问题提供建议和咨询，中日最终就山东问题签署《中日解决山东悬案条约》，使拖延八年之久的山东问题得以解决，成为争取山东权益的幕后英雄。

胡惟德此时已六十四岁，长期奔波于海外，身体欠佳，精力不济，只同意以代理身份维持局面。胡惟德过去的百般手段已无力使用，无权无钱，根本无人理睬，北京遂成无政府状态。5 月 11 日，颜惠庆勉摄总统职务。6 月中旬，颜惠庆辞职，由杜锡珪代总理职务。

这时，张作霖雄踞东北，张宗昌、褚玉璞占有直、鲁，孙传芳为东南五省联军总司令，盘踞苏、赣、皖、浙、闽诸省。吴佩孚则扼控豫、鄂、湘，为国民革命军正面首战之敌。湘省有赵恒惕、叶开鑫的湘军和彭汉章、王天培的黔军，据湘联吴。

国民革命军誓师北伐的时候，只有约十万兵力。与即将交锋的吴佩孚、孙传芳两支直系军队相比，不过为其四分之一而已。

但是国民革命军有中共党人做政治工作，有工农群众的拥护，士气极旺，广大官兵又有一定的政治觉悟和明确作战目的，故能以少胜多，势如破竹。而北洋军阀部队，虽有正规军事训练，能掌握一定的军事技术，但政治腐败，士兵缺乏战斗意志，特别是得不到工农群众的拥护，故一触即溃。因此，北伐出师后，在短短几个月内，就在两湖打败吴佩孚军的主力；而何应钦率领的东路军，几乎未经战斗即进入福州；孙传芳军在江西战场与国民革命军较量后，也很快溃败，逃往江北。国民革命军只用了半年多一点时间，即控制了长江流域。

国民革命军出师后，先后打垮了吴佩孚、孙传芳直系军队的主力，声威所及，和国民党有历史渊源的南方小军阀纷纷投靠国民革命军，同时也收编了不少北洋军阀的地方部队。尤其是第一军，未经剧烈战斗很顺利地进入苏、浙、京、沪地区，在江浙财阀经济上的支持下，收编了不少军阀部队，以为己用。根据统计整理，国民革命军北伐中收编了以下部队：

袁祖铭黔军彭汉章、王天培两个师，收编为九、十两个军；

赣军赖世璜部，收编为第十四军；

吴佩孚湖北地方部队刘佐龙部，收编为第十五军；

赵恒惕湘军第一师贺耀组部，收编为第四十军；

福建李厚基部曹万顺旅及陈炯明、林虎残部，收编为第十七军；

杨希闵滇军杨如轩、杨池生部，收编为第九军；

浙军第一师陈仪部，收编为第十九军；

浙军第二师周凤岐部，收编为第二十六军；

安徽安武军王普部，收编为第二十七军；

直系苏军陈调元部，收编为第三十七军；

孙传芳部刘宝题师，收编为新五军；

赵恒惕湘军叶开鑫第二师，收编为第四十四军；

安徽安武军马祥斌旅，收编为新十一军；

安徽柏文蔚收编的鲁军张克瑶旅，及地方民团，收编为第三十三军；

直军靳云鹗部和陕军高桂滋部，收编为第四十七军。

海军方面，北洋海军杨树庄被任为海军总司令；陈绍宽、陈季良分任一二舰队司令。

民国以来，西南各省出现了不少割据一方、互相混战的小军阀。他们皆见风使舵，北军胜则接受北京政府委任，南军胜则就任广州政府官职；而实际上，无论南北政府，政令均所不及。1926 年底，国民革命军占领武汉、南京后，这些地方军阀，也纷纷改换旗帜，表示归顺，计有：

四川军阀杨森部为第二十军，由杨部分化出川的郭汝栋部亦称第二十军；

四川军阀刘湘部为第二十一军；

四川军阀赖心辉部为第二十二军；

四川军阀刘成勋部为第二十三军；

四川军阀刘文辉部为第二十四军；

贵州军阀周西成部为第二十五军；

四川军阀邓锡侯部为第二十八军；

四川军阀田颂尧部为第二十九军；

云南军阀龙云部为第三十八军；

云南军阀胡若愚部为第三十九军；

驻湘西的贵州军阀李燊部为第四十三军。

这一方面可看出国民革命军声威所至，无不臣服，当时是民心所向，都来归附。但也从另一个侧面看出，国民革命军的成分非常复杂，蒋介石差不多是个蹩脚的铁匠，把金银铜铁锡不按配比、不分种类一股脑儿投入一个熔炉里去，炼就一炉非常复杂的东西。这样东西姑且统称“国民革命军”，但各军都有自己独立的成分，有私利和私心，各有各的小九九，不是完整的铁板一块，以致军令不能贯彻到底，作战能力大打折扣，一有机会，便出头称雄，稍有风吹草动，便作鸟兽散。

在曹锟、吴佩孚连胜皖、奉，直系军阀控制大半个中国的形势下，冯玉祥联奉倒戈举行北京政变，搞垮曹、吴，摧毁直系北京政权，虽然包含着冯玉祥和吴佩孚个人之间的权力之争，但客观上起了推动北方革命高潮兴起的作用。后吴佩孚联合张作霖、阎锡山发起以消灭冯玉祥国民军为目的的“讨赤”战争，虽然国民军因寡不敌众，败退五原，

二、三军留陕部队则困守西安，但也起了牵制吴佩孚直军主力，便利国民革命军进入两湖，迅速击败直系军阀的作用。因此，冯玉祥、胡景翼、孙岳领导的国民军，实为广东国民革命军的同盟军。

国民军的领导成员中，有的原来就是国民党人，因势穷力蹙而暂投直系军阀寄身者。北京政变前后，国民党人和共产党人都对这些部队开展了工作。共产党人先有李大钊，后有刘伯坚、邓小平等，都在西北军做了大量工作，建立了西北军党的基础。国民党方面也派著名的国民党人李烈钧、徐谦、于右任等，对西北军进行工作。特别是苏联对西北军曾给以大量的援助。1926 年 9 月 17 日，冯玉祥由苏联归国，在苏联和中国共产党的援助下，冯玉祥在五原誓师宣布加入国民党，就任国民军联军总司令，国民军各部纷纷来投，约计集结五六万人，率全军加入国民党，旋即挥师南下，向甘肃、陕西进军，解西安之围，奠定了西北局势，同国民革命军南北呼应。

为了分化敌人，革命军在出师时就确定了“打倒吴佩孚，笼络孙传芳，不理张作霖”的正确斗争策略，先集中优势兵力，对盘踞两湖外强中干的庞然大物吴佩孚军展开了进攻，同时派何成浚等与北洋军阀有历史关系的军人政客，去笼络孙传芳，使之在国民革命军攻吴时，保持中立。及至吴佩孚在两湖被打垮后，孙传芳集结主力于江西，准备与国民革命军决战时，已形成孤军作战之势。

到南昌收复，国民革命军在数量上已与北洋军阀部队相当，在质量上则比北洋军阀部队不知强多少倍。

孙传芳五省联军

孙传芳浙、闽、苏、皖、赣五省联军，是曹锟、吴佩孚直系军阀集团倾覆后，继起的一支直系军阀集团。

1924 年，江浙战争爆发，孙传芳率闽、赣联军入浙。浙军潘国纲第一师放弃仙霞岭，孙军长驱直入，陈兵沪浙咽喉松江，配合齐燮元的苏、皖、鄂、豫联军打败卢永祥、何丰林的浙沪联军，吞并了皖系的浙江、上海两块地盘。

1925年夏，奉军驱逐齐燮元，吞并苏、皖两省后，为巩固其军事态势，曾与孙传芳达成上海互不驻军的协议。但奉系军阀在苏、皖的势力获得巩固后，即于是年秋，派张学良率兵驻沪。张作霖乘战胜曹、吴的声威沿津浦路南下，咄咄逼人，关内所有割据一方的实力派，皆人人自危。孙传芳与冯玉祥国民军系达成默契，并取得吴佩孚的支持后，遂联合皖、苏两省直系残余势力，于10月10日对进驻苏、皖的奉军进行反击。张作霖已觉察到将受到孙、冯的联合夹击，内部郭松龄又生反复，遂将奉军撤回北方。孙传芳率军追到徐州与张宗昌直、鲁军打了几仗，收兵回到南京，任浙、闽、苏、皖、赣五省联军总司令。

孙任五省联军总司令后，除自兼浙军总司令外，为了团结直系势力，又分别任命陈调元、马联甲、周荫人、方本仁为苏、皖、闽、赣军总司令，从而形成了比民国初年冯国璋集团还强大的长江流域的直系军阀集团。但不久孙联冯（国民军）反奉策略即遭吴佩孚联奉击冯之决策所破坏。正当吴佩孚联合张作霖对冯玉祥军在南口剧战时，国民革命军进入湖南，很快打下岳州。吴急率部回鄂，邀孙传芳率军出萍乡抄国民革命军后路，自率鄂、豫军主力与革命军在汀泗桥决战。但孙师吴故伎，坐视不救。吴被国民革命军打败，逃回河南。国民革命军旋即进入江西。孙传芳投入苏、浙、皖、赣军队与国民革命军决战。孙军主力为久经战阵的北洋军，作战能力较吴佩孚新败之余的鄂、豫直军为强，因此在赣西曾给蒋介石嫡系王柏龄等师以沉重打击。国民革命军毕竟是新锐之师，又取得工农群众的支持，而五省联军虽号称二十万众，但归附孙传芳不过年余，根基不稳。因此，孙传芳在江西与国民革命军剧战一个半月后，即被打败，退回南京，作垂死挣扎。

中共汉口特别会议

1926年，毛泽东在《国民革命与农民运动》一文中指出；“农民问题乃国民革命的中心问题，农民不起来参加并拥护国民革命，国民革命不会成功；农民运动不赶速地做起来，农民问题不会解决；农民问题不在现在的革命运动中得到相当的解决，农民不会拥护这个革命。”这个论断表明，中国资产阶级民主革命实质上就是农民革命，农民问题是中国革命的基本问题。

北伐战争的胜利推动了以湖南为中心的农村大革命，有力地打击了地主豪绅的反动政权。湖南、湖北等省农民运动的空前发展，有力地支援了北伐战争。1926 年下半年，两湖相继爆发了罢工浪潮，参加罢工人数达二十多万。11 月，国民革命军占领九江、南昌，打垮了孙传芳的主力。北伐战争的胜利进军和工农革命运动的发展，横扫了粤、湘、鄂、赣等省，给帝国主义和封建主义以极其沉重的打击。于是他们便联合起来，施展各种阴谋手段，极力拉拢蒋介石新右派，分化瓦解革命统一战线。而以蒋介石为首的新右派为了篡夺革命领导权，也加紧同帝国主义和封建买办阶级勾结，进一步暴露出其反共反工农运动和分裂联合战线的真面目。

随着北伐的胜利进军和中国共产党的逐步退让政策，国民革命阵营内的阶级关系发生许多新的变化，国民党各实力派军阀之间的争权夺势愈演愈烈，其中汪精卫与蒋介石之间、唐生智与蒋介石之间的冲突，尤为突出。特别是蒋介石通过北伐战争极大地膨胀了他个人的权势，也加剧了他同共产党和国民党左派的矛盾。然而，中国共产党在处理各军阀之间的矛盾关系中，提出“拥汪复职”的口号，幻想让蒋介石做军事首领，汪精卫做党和政府首领，以维持各派军阀间的均势。由于党对蒋介石抱有很大幻想，并帮助其巩固军事首领的地位，而不是从各方面对蒋介石新右派加以限制和斗争，结果使革命阵营内部潜伏着严重的危机。

面对这种新的形势和与国民党关系出现的新变化，中共中央认为有必要重新讨论这些问题，制定相应的斗争策略。为此，中共中央政治局决定在汉口召开了特别会议。到 1926 年 12 月初会议虽然还没有召开，但参会人员和会议的内容已基本确定。

出席会议的人员有陈独秀、张国焘、瞿秋白、项英、李维汉、彭述之等。毛泽东没有参加此次会议，他于 6 月份被迫辞去国民党中央宣传部代理部长职务，回湖南老家搞调查，为次年发表《湖南农民运动考察报告》作准备。

会议的内容是讨论通过了《政治报告议决案》《关于国民党左派问题议决案》《关于湘鄂赣三省农运议决案》《关于三省国民党工作议决案》等。

陈独秀的《政治报告》，分析了国民革命军攻下湘、鄂、赣后的革命形势，指出在英、日、吴、张的反赤的联合战线进攻下，革命联合战线有发生危险的倾向。这个危险倾向的由来：一是帝国主义之分离政策；二是国民党之右倾；三是商人的恐慌；四是我们党中的“左”倾幼稚病。报告认为：“以上四个危险倾向汇合起来，随时随地都会使联合战线破裂。”为此，报告提出了挽救联合战线破裂的七项措施：1. 防止党外的右倾，同时反对党内的“左”倾，以巩固赤的联合战线。2. 督促国民党和国民政府实行“武力和民众结合”的口号，对内继续民主和统一的争斗，对外继续独立和平等的争斗。3. 维持国民党军事首领势力之均衡。4. 扩大民主主义的宣传。5. 改善中国共产党和国民党的关系。6. 扶助左派建立以汪精卫为领袖的文人派政府。7. 确定我们对于中、小商人的政策。

这次会议反映了陈独秀等人的右倾错误的严重发展。陈独秀在政治报告中，虽然也承认国民党的右倾，承认蒋介石言论虽左，实际行动仍然很右，但报告把党内的“左”倾看成是造成联合战线危机倾向的主要原因。这种分析，一方面把党内实际工作中存在的“左”倾错误过分夸大而忽略了党内严重存在的右倾错误；另一方面又掩盖了国民党新右派准备叛卖革命、分裂革命统一战线这一根本危险。这次会议虽然提出目前的农民运动还是以“减租减息，组织自由，武装自卫，反抗土豪劣绅，反抗苛税杂捐”为迫切的要求，但是，限制工农运动发展，反对解决土地问题，反对建立农民政权，以此换取革命统一战线的不破裂，这显然是牺牲工农群众根本利益的无原则让步，给革命造成严重的损失。这给蒋介石和汪精卫一年后先后向共产党举起屠刀，主动亮出了一个突破口。

精卫填海之心

作为金佛庄的亲密战友和黄埔军校中共方面的人物周恩来，于1926年6月被免去国民革命军第一军副党代表和政治部主任的职务，中共党组织派他前往上海，任中共中央军委书记兼中共江浙区委军委书记。

面对纷繁复杂的局势，除了郭俊，金佛庄找不到更多的人商量，时常感到无助和迷惘，作为深入一线的指挥员，他深切感到中央“右倾”的指导思想与革命的现实产生了脱离，中共在国民党内部的活动越来越被动，时常被打压却没有组织出面力主伸张。金佛庄分明感到，国共合作的统一战线的裂痕越来越大，彻底破裂已不是一个时间问题，而是出现在什么看似巧合的事件上了。

好在信念不灭，在纷繁复杂的时局中，唯其奋进方显单纯，唯其创业创造可求生存。考察国民革命军北伐以来，是以实现全国统一的目标，是以摆脱帝国主义控制、赢得国民的幸福为要务，属于正义之举。而且金佛庄的所有务实之举，均是顺民意、适应形势发展需要的正确举动。因此他决定在这样的队伍中继续有所作为。

尤其重要的是，共产党交给他的任务是保持在国民党军队中的实力，以图将来之万一。

1926年11月末，国民革命军北伐司令部在南昌召开部分军事将领参加的军事会议。作为警卫团团长和南昌城检查司令，金佛庄受邀列席会议。

自古以来就被誉为“襟三江而带五湖，控蛮荆而引瓯越”的南昌，此时堪称中华民国的军事首都。

天阴沉，寒风肆虐，西北风隐约吹拂，寒意袭人。会议从午后开至深夜。

会议的议题是认清当前形势，早日肃清负隅顽抗的直鲁联军，减少国民革命军在激战中的伤亡损失。

司令部总参谋长白崇禧首先介绍了目前的军事形势，南昌攻克后，孙传芳部仍盘据在苏、浙、皖诸省，负隅顽抗；张作霖雄踞东北，跟日本人过从甚密；张宗昌、褚玉璞占据直、鲁，气焰嚣张。从国民革命军目前的阵容看，力量虽不亚于前述军队，且得到沿途群众的支持，但蒋介石深知，在夺取江浙之前，他还缺乏有力的军费支持。自古兵马未动，粮草先行，现在他是寅吃卯粮，有了这个月的饷，不知道下个月的饷在哪里。

蒋介石发表了对时局的看法，肯定国民革命军攻城夺地的功勋，顺带表扬自己率军有方，用极富煽动的话语描述国民革命的美好前程，让大家深受鼓舞，似乎明天就能迎来天下太平。当然，他也说出自己的苦衷，甚至把数月前为了要一百五十万饷银、不惜跟宋子文"以死相拼"的事讲给大家听。

有人认为应乘胜北上，尽快实现统一。

有人还提到，挺进中原的最佳时期应是秋后或者初春，此时已逼近隆冬，随着战事向北发展，南方士兵到北方打仗会遇到诸多困难，加上要添置御寒的行军被褥和衣物，开支也非常大。

"可是北伐既然开始了，就歇不下来。"有人发表讲话，讲了曹刿论战的故事，认为国民革命军应乘目前势头正劲，应一鼓作气打到北京去，推翻北洋政府，而不能等到士气低落再出师。

此时打仗会遇到诸多困难，可打是必须的；军费筹集也将面临许多难题，但军费是打不打都必须支付的。有没有一条既省时间、又省军费开支的路子可走?

参会的好多人都在思考这个问题。

眼看时机成熟，蒋介石便再次发言，认为坐镇南京的孙传芳治军有一套，又聘请了冈村宁次为首席军事顾问帮助训练军队，参与制定作战方略，因之孙传芳部队战力甚至强于吴佩孚、张作霖等军阀的部队，各军指挥官切不可以轻敌。并很有必要对孙传芳部下的将领搞攻心战，争取他们率部归顺国民革命军。与会的众军、师长和参谋长、党代表等都点头称是。

金佛庄环顾会议室中的众多将领，只有自己在浙江和上海军队中待过，时间虽然不长，但目前两地手握兵权的人多是自己的故交。据他了解，国民革命军北伐部队兵临城下，他们都有易帜的想法，只是苦于无人引路而不敢贸然采取行动。自己是完成这项任务的最佳人选。

晚饭就在会议室中解决，菜蔬不多，但差不多都是南昌特产，李渡酒、豫章酥鸭、鄱阳湖银鱼、石头街麻花、瓦罐汤、麻辣藕片、万寿宫马打滚、鄱阳湖狮子头、竹筒粉蒸肠、藜蒿炒腊肉。一行人不在吃上，草草填饱肚皮，继续开会。

北伐的方针和路线早在北伐开始之前就已制定，目前只需要根据现实情况作细化处理。这些细化处理无需在会议上讨论。

金佛庄发表自己的观点，他提出了一个大胆的想法，鉴于他曾在上海和浙江两地军队中任过职，这两地的驻军首领多是从前熟悉的上下级旧交，他可暗中潜入，向他们分析革命形势，说服两地驻军首领，秘密策划此两地军队迅速起义。这样既可免除士兵干戈之苦楚，还可节约大量的军饷。

金佛庄说完，会场静默了好几分钟。此法古已有之，写在《孙子兵法》上，历代兵家都曾用过此法。可就目前的形势，这是一次深入龙潭虎穴之举，由于不久前浙江省省长夏超宣布脱离孙传芳未果，反遭到镇压。孙传芳为防范国民革命军继续游说、策反，特别加强了对长江的封锁，声称国民革命军只要敢来，来一个杀一个。孙传芳委任两个杀人魔王驻守南京街面和码头，这两人便是臭名昭著的南京卫戍司令孟昭月和宪兵司令汪其昌。因此，金佛庄此举无疑是要冒很大风险的，稍有不慎便会遭遇杀身之祸。

其间，蒋介石几次用话语和眼锋示意金佛庄可在会后单独向他报告这一行动计划。可作为总参谋长的白崇禧对金佛庄这一大胆的计划大加赞赏，不时用赞赏的语言鼓励金佛庄说下去。

金佛庄早知其中的利害，现场到会的有三十多人众，各人都有各人的来头，难保不会被泄密。可是自己既然已经说了，假如戛然而止，反倒会引起误会，索性和盘托出。

蒋介石对眼前这位共产党人敬佩有加，可他不会从党性的角度来赞扬金佛庄，要是那样，就等于赞扬整个共产党，一年以后，就不可能在上海发动反对国民党左派和共产党的武装政变，大肆屠杀共产党员、国民党左派及革命群众。他说："佛庄兄此设想大胆，可嘉，但可否容会后再作详谈？"

这是为使受苦受难的民众早日脱离苦海，而非为某个人或某种主义卖命，尤其不是为他蒋介石卖命。机不可失，时不再来，金佛庄坚定地说："为了革命的胜利，虽赴汤蹈火，皆所不辞！"

蒋介石见他决心已下，又有与会人员的普遍赞赏和支持，蒋介石予以同意，对大家宣布一条纪律，要与会人员对此事守口如瓶，"若有泄密，一经查实，格杀勿论！"

会议结束后，蒋介石把金佛庄单独留下来共进晚餐，就完成此次任务的细节进行了详谈。此时天将黎明。为了稳妥起见，蒋介石给住在上海、专门负责为黄埔军校招生和对敌军进行策反活动的国民党中央委员陈果夫写了一封密信，要求关照前往上海浙江等地的金佛庄，协助其进行策反工作。

蒋介石问他是否要助手，金佛庄打算扮作商人前往上海，便挑选了同是共产党员的黄埔军校第四期政治科大队区队长顾名世一起前往。

蒋介石再问从何人入手策反。金佛庄说，从陈仪等一些江浙军队开始策反工作，陈仪是金佛庄的老上司，金佛庄与他不但有一些旧交情，还因为陈仪是孙传芳的对头卢永祥的老部下，跟孙传芳不是铁杆死党。

总司令部当夜指示随行的财务向上海某银行账户划拨汇票，以为金佛庄在上海和浙江的活动经费。离开前，蒋介石再三叮嘱金佛庄要多加小心，谨慎行事。

走出蒋介石的办公室，东方已露出浅浅的黎明。

第八章
猩红屏风画折枝
此恨无关风与月

告别南昌

遵照工作要求，金佛庄告诉警卫团自己要外出公干一段时间，总司令部发文明确金佛庄仍是警卫团少将团长，在他外出期间，由副团长姚琮代理警卫团一切事务。

没有饯行，也没有告别仪式，一切如常。

驱车二百多公里，从南昌北上到九江，赶乘江轮。

时近隆冬，江水下落，江面上露出大片浅滩，为数不多的蒸汽轮船常常搁浅，倒是木船运输的旺季，有机动的，也有挂帆的，逆流而上的木制货船，无一例外，每一艘都有数十个船工拉纤，苍凉的拉纤号子远远近近，起起伏伏。

此时的长江，尚是英国人的势力范围，江上来来往往的蒸汽轮船在 1926 年 7 月份以前，全是英国太古轮船公司的轮船。英国太古轮船公司经营重庆到上海的客运和货运业务。

国民革命军向北推进，让英国人狂躁不安，先后在长江上制造了多起恶性流血事件，死伤动辄上百人。

上世纪 90 年代中期，英国政府外交部部分解密的远东中国地区情报档案披露：在大革命时期，英帝国政府为了阻挡广东革命政府的国民革命军北伐，无所不用其极。汉口、九江、南京等地的英国特工以各领事馆和英国太古轮船公司、怡和洋行等机构为依托，插手中国的内部事务，收集军政情报，并热心为孙传芳等军阀提供帮助。

1926 年 7 月 23 日，由著名民族实业家卢作孚创办的“民生”轮，从重庆下水起航，从此改变了长江航运由英国轮船公司一家独大的局面。

在中国近代史上，卢作孚是一位值得大书特书的人物。他的民生实业股份公司在竞争中挤垮了美商的捷江公司，迫使怡和、太古等外国公司退出川江。抗战时期，武汉失守后，卢作孚亲赴宜昌指挥抢运，采取分段运输，昼夜兼程抢运方式，不顾日机狂轰滥炸，以被炸毁船只十六艘、牺牲职工一百余人的代价，经过四十天的奋战，终于在宜昌沦陷前夕，将全部内迁人员和物资运到四川。这次抢运被誉为“中国实业史上的敦刻尔克”。

此时刚刚运营的民生公司只有三艘船只在长江上往返，还没有开启客船航运业务。

金佛庄和顾名世别无选择，只能乘坐英国太古轮船公司的客船。

1926 年 12 月 9 日晚，经过一番精心打扮，金佛庄与顾名世西装革履，化装成上海的洋行买办，从九江搭乘英商太古轮船公司三号轮船的官舱，顺流东下。

为了扮得更像，有关方面派了四名士兵装扮成跟班，将他们护送到船上。

“洋行的买办，哪能没有几个跟班儿呢？”负责送行的人说，“这是身份的象征。”

为了节省经费，也为避免人多嘴杂暴露目标，四名“跟班儿”将金佛庄和顾名世送上船后，便转身离开轮船的栈桥，穿过枯水期漫长的江滩，返回驻地。

离开的时候，金佛庄真像一个买办那样，从怀里摸出几枚大洋给四个跟班儿做小费。

一切都顺理成章。外人看不出任何破绽。但这一切却引起了英国间谍波切尔的注意。波切尔像一条训练有素的猎狗，透过船舱窗口打量着每一个上船的乘客。他的身份是太古轮船的客舱主管。他的任务，重点是收集国民革命军各部动向及战事情报，用船上的电台不定期向南京的领事馆汇报。

金佛庄和顾名世出现的时候，波切尔立即意识到这是两个非同一般的人物，但到底是什么人物，他一时说不清。根据四个跟班儿转身离去的情景，波切尔判断此二人的身份多半与他们的扮相无关，以业内的规矩，像金佛庄这样身份的洋行买办，四个跟班儿应该随身带走才是；四个跟班儿离去时，脸上露出的只有对上司才有的尊敬的表情，让波切尔感觉，此二人多半不是金融界人物，洋行买办跟班儿不会那么训练有素，更不会在一举一动中透露出军人气质。

波切尔立即想到，这只会是两种人，一种是国民革命军的要员，乘船去办要务；一种是孙传芳的重要属下，颓败之际，或可能携款潜逃。

这两种人他都感兴趣，都可得利。前一种能让他完成本职工作，如果是“大鱼”，说不定还能功成名就；要是后一种，则可通过一定的方式敲竹杠，从他们身上好好发笔财。

二等舱在轮船船舷之上，四人一个舱，透过船舱的窗户可以看到江面。

轮船乘着黑夜从九江起锚，金佛庄与顾名世陆续上床就寝，二人没有交流谈话。

波切尔在黑暗中拟定了刺探计划。

太古轮上

波切尔带上三个助手，撑着灯，挨着船舱检查船票。

已经入寝的人抱怨道，天亮再检查不可以吗。回答他的是刺目的马灯灯光，和站在他面前的四个彪形大汉。

检查金佛庄船票的时候，金佛庄和顾名世并没有发现破绽。波切尔只是把票放在手上捏了捏，就归还给他俩。波切尔快速瞄了一眼船票上的起讫航程，便知道他俩的终点是上海。

后半夜，江水拍打船舷哗哗作响，轮船劈波斩浪沿江航行。乘客在轮船的起伏颠簸中入睡了，波切尔却醒着。

无需乔装打扮，他的身份是客舱主管，巡视船舱是他的职责之一。途经金佛庄和顾名世所在的船舱，他故意没有进去，而是向舱内施放了迷烟。待到巡查结束后，迷烟发挥效用，他钻进金佛庄所在的船舱，在金佛庄随身携带的物品上摸索，以发现有用的线索。

此时屋内四人昏沉睡去，谁也不知道船舱进了特工。因是冬天，入睡时船舱必须关闭，没有钥匙根本进不来。波切尔身上的钥匙能够打开每一个船舱的门。

金佛庄和顾名世二人的行李简单，只有一些换洗衣物、钱款和支票。没有他想要的东西。波切尔往顾名世的枕头底下摸了一下，摸到一把纳甘转轮手枪。波切尔是半个枪械专家，纳甘转轮手枪是苏联制造配备给军官的手枪，这种手枪不同于一般的左轮手枪，它的弹巢可以容纳七颗子弹，因此在进入中国后被国人称作“七音子”，这种手枪坚固耐用且射击精度较高，只在国民革命军长官中配备。由此波切尔初步断定这二人是国民革命军中的重要人物。

接着他用同样之法从金佛庄的枕头底下摸出一把柯罗文 TK 手枪，这种手枪也是苏联援助国民革命军的，只在高级军官中少量配备，准确地说，只有具有特殊功勋的将领才会配备。这种手枪采用自由枪机式自动原理，击针平移式击发原理，膛线为六条右旋，缺口式瞄准具。除了保险和准星外，枪身整体相对平滑紧凑，不容易在拔枪的时候挂住衣物或者枪套，杀伤力极强。

波切尔没有想到如此顺利。他制定的多个方案，第一个方案就成功，其余都用不到了。波切尔重新翻看金佛庄携带的行李箱，见到数张面额大到惊人的支票。

综合他俩的旅途目的地、手枪和面额巨大的支票等信息，波切尔便明白这二人的身份了。

回到大副船舱，他在黎明之前，把他探得的情报发送出去。

从船舱望出去，黎明时分可达彭泽县。

旭日冉冉从江水中湿漉漉地升上天空，轮船停靠彭泽县。金佛庄和顾名世起身下船买早点。细心的金佛庄早上在穿衣服时已经发现了疑点，他习惯枪柄对着自己搁置手枪，刚才穿衣服的时候他发现一觉醒来，枪背对着自己。在返回轮船栈桥的路上，金佛庄看看两头的旅客隔得远，便对顾名世说："有人昨夜动过我的东西，我们得加倍提防。"

顾名世问："丢了什么没有？"

"没有。"金佛庄回答道，"正是什么都没丢，问题才越发严重。"

"要不要换另外一班船？"顾名世问。

"还不至于。"金佛庄说，"从与我们同宿的另外两个人入手调查。"

金佛庄和顾名世把怀疑重点放在与他们同宿的两个人身上。

他们回到船舱，同舱二人正在对戏，两人是戏班里的头牌。他们的戏班唱弋阳腔，此唱腔初起源于江西弋阳一带，与金佛庄的老家相近，能够听懂一些，特点是台上演员独唱，后台众人帮腔，只用打击乐器伴奏。

整个上午，金佛庄和顾名世有意跟这二人交流，使出他们所能用的一切手段套这两人的话，把他们上三代下两代的情况都掌握了，没有发现这两个人昨晚有异常情况。

中午到达望江县，轮船停靠让旅客下船购买午饭的路上，金佛庄和顾名世交换了意见，顾名世认为多半是金佛庄记忆发生了错误，他认为昨天晚上金佛庄枕头下的枪一开始就是枪背对着自己。

金佛庄心里还是觉得蹊跷，不便多说什么，说："这一路上还是时时处处小心谨慎为好。"

当夜船过铜陵，金佛庄和顾名世轮流睡觉，整夜风平浪静。倒是船舱外淅淅沥沥的冬雨，让船舱里多了几分暖意。

此时孙传芳

此时的孙传芳恰如惊弓之鸟，对革命军恨之入骨，毒怨超过杀父之仇。

北伐之初，国民党广州方面提出的战略安排是各个击破，提出"打倒吴佩孚，笼络孙传芳，不管张作霖"的口号，即首先对付正面之敌吴佩孚，对侧翼的孙传芳严密监视，对北方的张作霖则暂时不理。

然而随着国民革命军攻克"两湖"，吴佩孚主力基本被歼击并退守武胜关后，国民革命军已没有两线作战的担忧。从广州国民政府全盘战略来看，作为连接湖南、湖北的江西，即成为头号攻取目标。这样，就可与武汉形成两路进攻格局，一路江南，一路江北，杀入孙传芳部的腹地，形成双管齐下的攻击态势；或者以南昌为基地取江浙，以武汉为基地取中原，让战略变化与主动皆掌握在国民革命军的手上。

作为五省联军总司令麾下镇守江西的总司令邓如琢不是孙传芳的"自己人"，这家伙对吴佩孚佩服得五体投地。为稳妥起见，孙传芳要求邓如琢"慎守地方，不越雷池，以防贻人之口实，而使牵连赣境，转使五省共累"，实则免得他扯旗造反。

然而随着国民革命军在两湖取得巨大胜利，这惊醒了孙传芳。蒋介石本是想让孙传芳归顺，然而双方在洽谈条件上并未达成一致。为了表明自己的强硬态度，孙传芳在8月下旬开始调动兵力，将五省所辖的二十余万兵力分为五个方面军，并制定攻击目标，随时准备投入江西战场。

看到孙传芳没有归顺之意，蒋介石决定向孙传芳宣战。9月1日，广州国民政府确定攻赣计划；2日下达了军队协同动作、三天后进攻的命令；5日国民革命军向江西展开攻势，江西战场随后成为北伐主战场。

在以蒋介石为总司令的国民革命军阵营中，共有八支军队。国民革命军出征江西的兵力大约五万。

以二十万对五万，孙传芳似乎胜券在握。

战争的结果却是，南昌城在被国民革命军攻陷后虽一度占领，可国民革命军知难而上，他们看到了孙传芳内部矛盾已处于激化的边缘。邓如琢在孙传芳军中始终以外人自居，作战“三心二意”；而孙传芳从南京带来的军队，多来自苏沪浙一带，他们看不上江西这块地盘，也不肯卖命，甚至产生厌战情绪。

国民革命军抓住了“破城必先破路”的问题关键，将打击重点放在歼灭南浔线孙传芳军的主力上，命令所有入赣部队全面出击，“打破南浔线”。

两军对阵，战幕揭开。在西北一路，国民革命军攻占修水、铜鼓等县，谢鸿勋中流弹重伤，死于医院，因而兵败。在中路，国民革命军李宗仁、白崇禧等部从赣南、赣西合力夹击，孙军溃退，南昌失守。卢香亭进兵南浔铁路，命郑俊彦师、杨赓和旅星夜过赣江出击，将南昌收复，又南进至丰城，即与国民革命军对峙。在北路，孙传芳驻九江督战，总部设在江新号轮船上，旋因江永轮被间谍纵火焚毁，孙传芳存戒心，遂白天在江新轮办公，夜宿决川号军舰上。陈调元屯兵黄冈武穴，并不进军武汉，因陈已秘密派其总参议范熙绩与国民革命军唐生智暗通款曲，表示保持中立。当时的局面是：谢鸿勋战死，左翼断折；陈调元中立，右翼瘫痪；唯有卢香亭、郑俊彦部尚可一战。在双方互相袭扰鏖战进退达四十五天之后，孙军后方增援部队走火，于是谣言纷起，草木皆兵，各部蜂拥撤退，不可遏止，纷向九江逃奔。孙传芳急乘决川号赴黄冈武穴，意在促陈调元进攻武汉，以解九江之危，但陈调元按兵不动。他又返航九江，停泊于对岸小池口，时国民革命军已破城而入；又驶至湖口，见卢香亭部战败，乱成一团，溃不成军。至此，已一败涂地，不可收拾，孙传芳立命决川号舰长陈至宾鼓足马力东撤，险些被国民革命军撵上活捉，堂堂五省联军总司令，狼狈逃回南京。

与此同时，国民革命军何应钦部由广东攻入闽南，周荫人战败，被迫退出福建，暂屯浙江。孙传芳返回南京后，宣称放弃赣、闽，保守江、浙、皖三省。但实际上，安徽陈调元已经依附国民革命军，浙江孟昭月腹背受敌，危在旦夕，暂时可以控制的惟江苏一省而已。

孙传芳 12 月 11 日上午得到波切尔情报后，恨不得立即嘣了二人。波切尔的情报不仅说金佛庄和顾名世是国民革命军的要员，还对二人的体貌特征进行了描述。通过这些简要的描述，两个英姿飒爽的青年军官活脱脱站到孙传芳面前。他怒吼道："这分明是派出的说客，要去策反我上海和浙江的军队嘛，来得正好！"

在孙传芳看来，金佛庄和顾名世此举无异于落井下石、雪上加霜，令他怒火中烧。

随后唤来驻守南京的卫戍司令孟昭月和宪兵司令汪其昌，要求在太古轮三号船停靠南京的时候，立即搜捕二人。孙传芳命令："捕获之后，无须饶舌，即刻处决！"

孟昭月和汪其昌都是杀人不眨眼的魔王，一听此次任务如此简单，跟打了鸡血一样兴奋。即刻带上部下，亲自到下关码头布防。

接着，孙传芳指示特务机构，让打入国民革命军里的特务，务必在二十四小时之内弄清楚到底是什么人潜往上海。很快得到准确报告，此二人，一个叫金佛庄，一个叫顾名世。

下关被捕

明枪好挡，暗箭难防。金佛庄和顾名世做梦也没有想到，敌人已布好天罗地网等他们到来。他们以为这一路的平静便是平静到底，不会生出什么岔子。金佛庄告诫自己，到了上海后，一定要谨慎行事，不可麻痹大意。

谁会知道，灭顶之灾会发生在距上海三百多公里的南京。

轮船过了马鞍山，天空风过云收，渐次晴朗。一切都按部就班的平静。那时候轮船上不兼带饭食，每到开饭时间便会停靠一个城市码头，留给足够时间，乘客可到码头上解决肚皮问题。

如果波切尔中途再到船舱中查票或者干其他事情露出破绽，金佛庄和顾名世完全可趁轮船沿途靠岸的机会撤离。可波切尔像条狡猾的狐狸，自打9号那一天过后，再没有在船舱露过面。

轮船于11日接近中午的时候抵达南京下关的澄平码头。还有几十米靠岸的时候，金佛庄和顾名世见码头上站满了荷枪实弹的士兵和宪兵，正在戒严，感觉一定会有什么事情要发生。

出门之前他俩已经作了分工，金佛庄扮洋行买办，顾名世扮跟班儿，二人均用化名。出门的时候他俩已经制定了万不得已的情况下如何脱险：如果敌人不知道他们的身份，他们就咬定自己是洋行买办；如果身份暴露，那就见机行事，或自我辩解，或等待组织营救，或舍生取义。不管怎么说，就是不能投降变节。

那时候兵荒马乱，经常有残兵败将为了逃命，以武力相胁，把全船的乘客赶下船去，劫持了轮船逃命。哪个乘客要是不从或者反抗，非打即杀。有时候乘客连自己的行李财物都被掳去。船上的乘客一见岸上这架势，纷纷慌乱起来，要求轮船不要靠上去。

岸上的士兵和宪兵冲着船上的乘客叫喊："太古三号轮的乘客不要惊慌，本部奉命对轮船进行例行检查！"

士兵和宪兵不这样说还好，他们这样喊话，船上的乘客越发觉得这帮跟匪徒没啥区别的家伙在诓骗他们，强烈要求轮船停下来。

轮船正常减速，向码头靠上去，没有一点停止向前的意思。

乘客越发慌乱了。这时候，客舱主管波切尔出现了，他用流利的中文对大家喊话：“大家不要慌张，不要慌张，大兵只是例行检查。这是大英帝国的船只，我们大英帝国承诺保证大家的安全。请安静下来，很快就好，二十分钟就好！”

高鼻子蓝眼睛的波切尔出现得恰到好处，他这几句喊话对平复大家的躁动起到了非常良好的作用，毕竟整个长江流域是英国人的势力范围已经很多年。

金佛庄却感觉出一些蹊跷，那时候没有无线电通信设备，从准备靠岸到现在，没有看见岸上的兵士与波切尔交流过，而且英国人向来傲慢，连势如破竹的国民革命军都不一定放在眼里，更别说兵败如山倒的孙传芳的部队了。此时，英国人却帮着岸上的兵士说话，只能说明一个问题：英国人与岸上的兵士在这之前通过电报联系过。

联系到 9 号晚上查票和 10 号早上发现手枪被动过的情况，金佛庄迅速做出判断，只有这个伪装成客舱主管的波切尔有打开舱门的钥匙，也有打开舱门的机会。

就在这时候，船已经靠到码头上。

金佛庄跟顾名世简短交流了一下，在军警对客舱盘查的过程中寻找机会脱身。

大批持枪的军警蜂拥上了轮船，目标非常明确，直奔金佛庄和顾名世所在的船舱。金佛庄立即意识到，自己的行踪彻底败露了，金佛庄与顾名世进行了简短的目光交流，他们目前除了见机行事，已经别无选择了。

两个不明就里的弋阳戏班台柱子吓得屁滚尿流，以为军警是冲他们来的。

军警把船舱围得水泄不通。杀人魔王孟昭月和汪其昌亲自登船。

按照波切尔的描绘，他们在船舱里的四人中，认出了金佛庄和顾名世。

汪其昌用他一贯阴冷的大嗓门吼道："金佛庄先生，别装了，跟兄弟到宪兵司令部走一趟，给你重塑金身，让你彻底'买办'！"

连名字都喊得清清楚楚，孙传芳打入国民革命军内部的细作真不是吃素的。

孙传芳、孟昭月和汪其昌做梦也不会想到，在执行命令的士兵中，也有国民革命军安插的密保人员。事后一个小时，密报已呈到南昌国民革命军总司令部的办公室里。

金佛庄沉稳地说："不知先生有何指教？"

孟昭月说："指教不敢。你是我们的贵客，不仅这位汪先生和小弟想邀请你，连我们孙大帅也要邀请你。请吧！"

金佛庄立即明白，眼前这位"汪先生"定是臭名远扬的的汪其昌，而说话这个定是恶贯满盈的孟昭月了。落在这两个恶魔的手里，除非组织营救，金佛庄立时就抱必死的信念，他打算在死前一句话也不说，因为他知道，说也是白说，这是两个冷酷到骨髓里去的恶人，他俩认定谁死，谁就活不到天亮，任何辩解都是无用的。

汪其昌皮笑肉不笑、阴沉沉地对顾名世说："敢问这位兄弟怎么称呼？请您也一道。"

宪兵带走了二人的行李。两支手枪在行李中间。汪其昌没有见过这两种苏联制造的手枪，先后把两支枪放在手上掂了掂，他更喜欢顾名世那支纳甘转轮手枪，觉得这种手枪有棱有角，看上去气派，比自己腰上的那把不知好了多少倍。而孟昭月更喜欢金佛庄的柯罗文TK手枪，这种手枪外观光滑，在拔插的时候绝对不会被枪套或衣物挂阻，在非常情况下，那都是要命的。

金佛庄与顾名世又作了一个眼神交流，彼此交代绝不向敌人透露任何信息，哪怕牺牲生命。

得到顾名世眼神里的肯定回答，金佛庄走出船舱，随后顾名世也被带出船舱。

血溅雨花台

下午一点过后，南昌国民革命军总司令部接到金佛庄和顾名世被捕的消息。

上海国、共两党组织和同志们也获得了消息。

稍晚，刚刚于 11 月 26 日从广州迁至武汉的国民党中央党部和国民政府也获得了这条消息。

国民革命军北伐总司令部立即发电报给时任浙江省省长的陈仪，称金佛庄为南京政府代表，请他出面向南京方面说情疏通，营救金佛庄。 共产党上海方面的徐行之和周恩来通过各种社会关系，要求两军对垒，不斩来使，好说好商量。

蒋介石认为孙传芳一定不敢枪毙金佛庄，因为孙传芳的部下被国民革命军北伐部队俘虏得很多。 蒋介石特意发报给孙传芳，要求孙及其部属善待金佛庄，并提出可以用孙部三名中将、八名少将作交换价码。 蒋介石推测，如果孙传芳还能够想到部下，爱惜部下，一定会拿金佛庄交换。

孔祥熙也多次致电孙传芳，还暗中承诺另付一百万赎金。

孙传芳收到蒋介石电文后，嘴上断然拒绝，行动上对蒋介石的电文置之不理，根本不发应答文字。

孙传芳收到陈仪的电文，只说了一句："吃里扒外的东西。"便再无下文。

各方的电文雪片般飞来，孙传芳就是闭门不接。 孙传芳此时的想法只有一个：战场上老子没法搞掉你们几个，如今送上门来的菜，能搞掉一个算一个。

从心理学上分析，有两点值得注意：一是，按照惯例，跟一个获胜的将军谈条件是好谈的，跟一个一败而再败、眼看就要垮台的孙传芳谈交换条件，他会计算他以后还有没有接受"还债"的机会，如果感觉绝望，他就会把事情做绝；二是，如果救援是有计划的，发给孙传芳的电文是深入浅出、循序渐进且有计划的，比如一部分电文专事煽情，一部分电文终在替孙传芳分析利害关系，一部分谈交换条件，不要一窝蜂、乱糟糟，那结果会好得多；可事实上，国共两党在发给孙传芳电文的时候，根本没有商量过，都同时出手营救，有开交换条件的，有劝导的，有求情的，众声喧哗，闹哄哄，乱糟糟，吵得孙传芳无限放大金佛庄在国民革命军中的地位和作用。孙传芳大概会这样想：要是个小兵拉子，放了也就放了；如今那么大一条老虎自动入笼，岂有放虎归山之理，再说了，我孙某人还没软弱到一点脾气也没有的地步！那些被你俘虏的中将、少将，不知还剩几个没有被你们收买！罢，罢，孙某人只有一个字的选择：杀。

接近傍晚的时候，孙传芳召见孟昭月和汪其昌。二人进入官邸，来到孙传芳面前，孙传芳下达命令："有劳两位了！今天捕获的那两个革命党……"孙传芳没有往下说，把右手比成刀的形状，在自己脖子上画了半圈儿。

宪兵司令汪其昌问孙传芳："还审吗？"

孙传芳站立在大堂上，闭上眼睛，作了一下深呼吸，接着便无声无息地站在原处。他要让他的下属感到他的决定是不容更改的，还让下属感到，金佛庄和顾名世并不是什么了不得的人物，杀了也就杀了，不需要顾虑和害怕。

孙传芳摆弄桌上金佛庄和顾名世两人的手枪，说道："纳甘转轮，柯罗文，名枪啊！"每一把都是填充满子弹的，举起其中一把说："可惜了这两把好枪，他们再也用不到了。"

孟昭月扭头低声对汪其昌说："汪司令，难道认为还有必要吗？"

汪其昌是按照宪兵的惯例办事，抓到犯人，总是要审问一番的。一见上司不搭腔，同僚又这么说，他便什么都懂了。

再说金佛庄自被抓捕进大牢后，早已将生死置之度外。整个下午，没有人来提审他。他向士兵要笔墨纸张，打算把一些事情写下来，狱卒对他说：“像你这样不戴脚镣手铐的，最多明天，不等你把遗嘱写完，就出去了，还是省省吧！”

到了晚饭时分，两个士兵抬了食盒进来，狱卒一见，这不是给死刑犯送断头饭的食盒吗？ 在监狱里干了几十年，这么不按规矩出牌的事当然不是第一次，不过像金佛庄这样既没有上刑，又没有审问，直接就送去枪毙的，这还是头一回碰到。

食盒打开，果然是断头饭，有酒，有肉，有香烟。

金佛庄见了，感觉这一刻未免来得太快了。 他没有慌张，而是沉着坚定地对送来食盒的士兵说：“我要见你们长官。”

“孙大帅有令，除非他要见你，否则谁见你砍谁的脑袋。”士兵听说金佛庄是战功赫赫的北伐少将团长，无形中多了几分敬佩，不敢在他面前吊儿郎当。

另一个士兵对金佛庄说：“我们只负责抬食盒，其他的我们都不知道。”他的意思是接下来完成押解和执行任务的，不是他们。

狱卒对金佛庄说：“抱歉，刚才……先生还需要笔墨纸张吗？ 随时可以备齐。”

金佛庄此时已无心写任何一字。 他摆了摆手，感谢狱卒的好意。一时间，坚定的马克思主义信仰和孙中山先生“革命尚未成功，同志还需努力”的遗训充塞胸膛，结局来得如此之快，是他始料未及的。回顾自己二十多年的人生，从六岁发蒙入学到十八岁因“二十一条”的屈辱而发誓投笔从戎，再到进入保定陆军军官学校后感到军阀混战民不聊生、做了兵士不过是徒增战乱而进入厦门大学学习的迷惘与彷徨，终因阅读马克思主义书籍而找到人生的方向，不管在浙江军阀手下还是在黄埔军校任职，不管风向如何吹拂，他始终坚信马克思主义，面对蒋校长高官利禄的诱惑，自己始终站稳脚跟。 于革命，他无怨无悔，大败林虎，北伐建功，治理南昌，一桩桩，一件件，都对得起当初为百姓谋幸福的初衷，符合自己治国安民的理想。 令他此时没有想到的是，他在黄埔军校中训练出来的学生、建立起来的完整的军校制度，为中国革命培养了多少人才——在后来的抗日战争中和解放战争中，黄埔毕业生发挥了不同凡响的作用，成为中国历史上无法抹去的记忆。

他还想起自己远在浙江东阳横店的母亲，多年来，母亲与他书信不断，总是鼓励的话语，对他的成长和进步多有肯定。他还想起妻子严瑞珍，母亲的书信多数出自妻子的手，妻子给他单独写的书信比母亲少，不过寄过来的换洗衣物、起居所用的物件，几乎都是她亲手编织，亲手缝制。可惜这些年戎马倥偬，聚少离多，两人未曾生下一儿半女。

他想起故乡的亲人，自己最初的乳名金为文，后来跟随老秀才吕松贵读书，因聪敏好学，文章写得好，便改名为金灿，号辉卿；再后来，依据“人靠衣裳，佛靠金装”之语，改名金佛庄。名字的更迭，寄托着故乡亲人的期望。一路走来，他从未愧对故乡亲人。

南昌、上海、武汉，浙江杭州，甚至北京与南京之间的电报往来穿梭，可到了孙传芳那里，全都戛然而止。他是铁了心要让二人见阎王的。

孟昭月和汪其昌已经接到枪毙二人的命令。这两个平时互不买账的魔头，破天荒地聚在一起喝酒。他们发现，他们的孙大帅似乎故意让他俩觉得金佛庄和顾名世不过是国民革命军中的小角色，事实上，他俩从密集的电文中，已经掂量出金佛庄的分量，他们想通过把对方灌醉，以便让对方去执行孙传芳的命令。

从掌灯时分一直喝到深夜，这两人肚子里像塞了海绵，没醉，没倒，没上厕所。

酒话说得能装一火车：请请请，喝喝喝，好兄弟，哥们儿，老哥比兄弟强，这事儿哥哥你就代兄弟我办了，不就这么一桩小事儿，对你来说不过是举手之劳！

都说是小事儿，却只管往对方身上推。

眼看时间快到12日零时，彼此推脱不过。二人便商量，各抽调一个班押解金佛庄和顾名世去行刑，趁着天黑，把他们押解到南京城南的制高点雨花台去，那里荒凉偏僻，看见的人少。

黎明之前，最是黑暗。天虽黑，可押解二人的囚车刚刚开出监狱的大门，密报已经被不同的人发往南昌、上海、武汉、杭州和北京等地。这已经是12月12日凌晨时分。

雨花台，自公元前472年越王勾践筑“越城”起，就成为江南登高揽胜之佳地。又因此地是南京城南的制高点，成为历代兵家必争之地。东晋豫章太守梅颐曾在此抵抗外族入侵，南宋金兵入侵，抗金名将岳飞在此痛击金兵；此后的太平天国天京保卫战，辛亥革命讨伐清兵，都发生在此地，连天烽火将此地变得一片荒芜，成为人迹罕至的地方。

“啪啪啪啪”，数声枪响惊动了树上的鸟雀，惊得四散奔逃。也震惊了尾随其后的各路密报人员。

心跳停止于二十九岁，时间凝固在二十九岁。

如今多少人在二十九岁，还没有长醒，还是不懂事的娃娃，而金佛庄已完成了他一生的传奇。

噩耗传到南昌，总司令部震惊，国民革命军愤怒。

蒋介石感到颜面尽失，一个胜利的将军给败军之将开出如此优厚的条件，居然被残酷的枪声一票否决掉了。子弹打在金佛庄身上，羞耻打在蒋介石脸上。他极为愤怒，连发数电，谴责孙传芳之残忍，并威胁说：“彼不思其所部官长一千余人、军长三人，尚在此受我优待，彼杀我部下，即自杀其部下也。”蒋介石怒不可遏，先是将孙传芳部南昌三守将唐福山、张凤岐、蒋镇臣开刀问斩。接着命令邓演达将投诚的孙部三位军长王良田、李彦青、杨庚和，挑选两位执行枪决，为金佛庄报仇。白崇禧曾为此专门晋见蒋介石，希望他不要落下滥杀俘虏的恶名，可当时尚且年轻、血气方刚的蒋介石哪里听得进去。

噩耗传到上海，共产党震怒之余，深感痛惜。金佛庄是中共第一位军人党员，是黄埔军校最早牺牲的中共党员，是第一位牺牲在南京的中共烈士。限于当时共产党的势力和国共两党间渐渐显露出来的罅隙和部分党员猜测金佛庄和顾名世之死是蒋介石借刀杀人的猜测，为继续保持统一战线，中共只在小范围传达金佛庄牺牲一事，要求大家化悲痛为力量，继续为中国革命勠力同心，继续奋斗。

陈仪致电南昌国民革命军北伐总司令部，对未能营救金佛庄二人深感抱歉。陈果夫和孔祥熙也向南昌发来电文。

整个国民革命军北伐部队的愤怒情绪由此点燃，他们在等待进攻命令下达。后来号称委员长卫队的警卫团个个哭红眼睛，个个嗷嗷直叫，叫喊着要为团长报仇。这个警卫团始终保持着优秀的传统，相传1937年在日本人攻入南京的时候坚守雨花台，其两个营共六百人独自阻击日军一个甲种师团，平均每个士兵坚守二十五米长的阵地，面对五十名日军精锐部队士兵，坚守阵地，直到最后，

第九章 云海无涯两渺茫 天地回响爱无声

裂帛回响

金佛庄遇害后，共产党和国民党内部除了高层直接获得情报的人之外，大多数人都还没反应过来。自古不审便杀的，不在少数，可孙传芳出手也未免太快了，从捕获到杀害，没有超过二十四小时。

获得信息的人似乎都在等待信息发布的最佳时间，似乎有意无意要利用金佛庄所激起的愤怒，将巨大的悲痛郁积起来，化作国民革命军摧毁北洋军阀的重要情感力量。

事发两天后，1926 年 12 月 14 日上海《申报》披露了金佛庄、顾名世牺牲的噩耗，消息很快传到广州、武汉、南昌等地的国民革命军阵营中，并激起了强烈的反响，对他表示了哀悼。1926 年 12 月 21 日，广州黄埔军校校刊《黄埔日刊》第 220 号在头版以显著位置刊登了《金佛庄顾名世两同志突被孙逆传芳枪毙》的报道：19 日据上海来电称，孙逆传芳残忍残性，竟将金佛庄等二同志执行枪毙，查金佛庄同志系本校第一期第三队队长。忆本校第一期队长四人，茅队长延桢于二次东征时被派赴河南，死于郑州刺客之误击，金队长佛庄同志，又继死于南京，”“金、茅二队长为国民革命而牺牲，死亦无所遗憾”；“其死难详情及生平事略，自有街于史乘”，“吾辈后死，唯有更加努力，更加团结，继续先烈牺牲之精神，为先烈复仇，号召全国人民反对军阀与帝国主义勾结之白色恐怖，完成我国民革命工作！以慰先烈于地下也！”在同一版上，还发表了该报主编宋云彬所写的评论《杀金佛庄顾名世两同志者何？》。第二天，该报又发表了金佛庄邻居张宝琛所写的《金佛庄同志事略》。这些报导和评论高度称颂了金顾两同志，号召大家继承他们的革命精神，坚决打倒帝国主义及其走狗——孙传芳等反动军阀。武汉军民也纷纷为金佛庄举哀，1927 年 1 月 6 日《汉口民国日报》颂扬金佛庄“创造黄埔军校资深臂助”，“随军北伐功在党国”，“身殉主义壮烈可风”。

12 月 17 日，蒋介石亲自参加了在南昌举行的近万军民参加的追悼会，在简短发言中称赞金佛庄“创造黄埔军校资深臂助，随军北伐，功在党国，身殉主义，壮烈可风”，蒋介石以总司令的名义挽赠了“为国捐躯”的描金红漆巨匾。

1927 年 1 月 1 日，上海《申报》刊载了广州革命政府就金佛庄遇难通知各军举哀的电讯。在此同时，在汉口《民国日报》上，也连日刊登武昌国民革命军总司令部参谋处同仁发起的《金佛庄同志追悼会筹备处启事》，颂扬金佛庄的功绩。

悲痛是可以化作力量的，郁积着愤怒的军队，其势不可阻挡。国民革命军的江右军和江左军由赣、鄂沿长江两岸向皖、苏推进，主攻南京。东路军由鄂入豫，再由闽入浙，相继攻占临海、宁海、宁波、绍兴等地，肃清浙江境内的孙军。接着东路军开始进攻淞、沪。当时，周恩来等领导上海工人举行第三次武装起义，经过三十多个小时激战占领上海。第一军一部乘机进入上海市区。

与此同时，江左军于1927年3月20日开始总攻南京，经两天激战，扫清江宁镇、秣陵关、龙都等外围据点。23日，第二军进逼中山门、光华门；独立第二师进攻通济门、武定门；第六军进抵雨花台，该军第十九师由中华门冲入城内。当晚江右军各部分路进城，占领南京。

北洋军阀在国民革命军北伐部队的凌厉攻势下，摧枯拉朽，逃的逃，亡的亡，降的降。1928年4月30日，各路军队对济南发起总攻。当天夜晚，张宗昌率残部弃城北逃。孙传芳在北京宣布下野，张、孙残部向国民革命军投降。1928年6月4日，张作霖当夜撤离北京，退出山海关外，张作霖的专列在到达沈阳附近的皇姑屯被日本关东军埋下的炸药炸毁，张作霖身负重伤，稍后死亡。6月8日，国民革命军开入北京。1928年12月29日张学良在东北通电易帜，宣布效忠南京中央政府，北伐至此宣布成功。

北伐战争，是中国历史上继明朝对元朝北伐之后，第二次由南向北统一全国的战例，虽然它所达成的统一在很多方面来看，都只是属于形式上的，但这一次北伐战争仅两年时间，就沉重地打击了帝国主义和北洋军阀在中国的统治，基本消灭了军阀吴佩孚、孙传芳的军队，重创了军阀张作霖的军队，基本消灭了北洋军阀，加速了中国革命历史的进程，为以后中国新民主主义革命的发展开辟了道路，同时保证了国家的独立。如果没有北伐的成功，国民政府没有实现对全国的政治统一，等到日本全面侵华开始，北洋各个军阀各自为战，不能走向联合抗击日寇，中国抗战很可能不能坚持八年之久，于保持国家的独立性质，几乎属于妄想。

在此期间，工人运动的迅猛发展。湖南、湖北的工会会员，到

1926年年底左右，发展到三十余万人，在许多地区，工人还建立了自己的武装纠察队。1927年1月，汉口、九江工人群众在李立三、刘少奇的领导下，举行了声势浩大的反帝示威，先后收回了汉口、九江的英租界。上海工人阶级在中国共产党领导下，为了配合国民革命军的胜利进军，先后举行了三次武装起义。

农民运动也蓬勃发展。在北伐革命战争期间，同工人革命运动一样，农民运动也在大半个中国蓬勃开展起来。到1927年6月，全国已有二百零一个县成立了农民协会，人员发展到一千多万人，对农村的封建势力进行了一次空前的扫荡与冲击。

尤其重要的是，让中国共产党最终看清了历史的真实面目，蒋介石和汪精卫先后在上海和武汉发动反革命政变，共产党被抛弃，大批的共产党员被屠杀，这一惨痛的历史教训，使共产党深刻认识到建立共产党领导的无产阶级军队，独立开展武装斗争的极端重要性，从而开始走上创建中国工农红军，进行土地革命，以农村包围城市，武装夺取政权的另一条革命道路。

云海茫茫

德国人摩尔发明的电报自1871年7月登陆上海以后，便迅猛发展，到1927年，已实现中国和欧洲双向通报。

1927年的1月在浙江东阳横店良渡农村，人们还习惯称之为农历1926年的年尾。这一天，这一在当时不仅先进而且时髦的通讯方式，给金本兰一家带来了晴天霹雳。一个身着绿色服装的邮差手持电报信封站在屋檐下，金佛庄十三岁的弟弟金为周蹦蹦跳跳上前去接了电报交给父亲。大哥金佛庄当年离家考入保定陆军军官学校的时候，金为周只有四五岁，印象不深刻。这些年大哥东奔西走，七八年来只回来过两三次。事实上，金佛庄的三个弟弟两个妹妹更多的是从父母亲和大嫂的口中以及近些年大哥金佛庄从保定、上海或广州寄来的照片上，对大哥有一些了解。这些地方究竟在良渡村的哪个方向，一家人谁都说不清楚，他们只知道在很远很远的地方。金佛庄是一家人的骄傲，也是良渡村金氏家族的一张名片，一张脸面。

金佛庄年迈的父亲金本兰先生本是郎中，能识文断字，读电报的任务自然落到他身上。那时候，我们的长幼秩序还没混乱，在一个家庭中，像收到电报这样重大的事情，即使父亲不识字，也要先交到父亲手上过一过，以示敬重。一家人都想知道电报的内容，金本兰却秉持了传统礼仪，向邮差连连道谢并付给小费。邮差已知电报内容，坚辞不收。金本兰再三谢过邮差。送走邮差，金本兰才打开信封，只一眼就能看完的内容，他反复看了四遍。脸色一次比一次凝重。围在他身边的一家人已分明感受到某种不详。在战火纷飞的年代，从前线送来的电报大多让人心惊胆寒。金佛庄的妻子严瑞珍正收拾一竹匾干青豆，戴着家纺土布染蓝印花的围裙，右手把住竹匾外沿儿，内沿儿卡在腰上站在屋檐下。看见公公这副表情，她知道，无数次令她夜半惊醒的噩梦成了现实的噩耗，两行清泪在她眼眶里实在包不住了……

懵懂的弟弟妹妹问："嫂子，你哭啥？"

金本兰也忍不住了，伴随两行清泪悲怆地说："你大哥他……"

一家人顿时嚎啕大哭。金佛庄的母亲施玉英、妻子严瑞珍相继哭晕在地，竹匾跌落到地上，干青豆撒落得到处都是。

时近年关，一家人却无一丝一毫过年的喜悦，悲伤击垮了严瑞珍，卧床一月有余。那段时间一家人都成了《申报》的忠实读者，他们的目光一路追随着国民革命军前进，终于，1927 年 3 月 24 日，国民革命军攻克了南京。严瑞珍凭借早年陪金佛庄在保定读书时在识字学校学到的知识阅读的这则消息，让她的病情轻松不少。窗外已露出小阳春的景象，严瑞珍打算北上替丈夫收拾遗骸。

丈夫虽然在外任职，但薪俸不多，且夫家兄妹众多，用度极大，一家人勤奋做工，添上丈夫寄回的钱物，才能勉强度日。无力支付她前往南京的盘缠，严瑞珍便以回娘家探亲为名出门。她的心愿获得了娘家人支持。念及严瑞珍三十岁不到，丧夫之痛，无后之悲，年轻柔弱，体恙未愈，严家的长辈吩咐严瑞珍的大哥严朝钰陪同她前往南京。

那时候交通不便，从良渡村到东阳，从东阳到杭州，从杭州到上海，从上海到南京，一路舟车劳顿、颠簸坎坷，抵达南京已是草长莺飞、拥金叠翠的初夏时节。路途上遇到的人在同情严瑞珍的同时，也都为严瑞珍担心，觉得她的希望渺茫，毕竟南京曾经兵荒马乱，毕竟时间已过了近半年，纵使是棵腐坏缓慢的树木，也早已面目全非，况且南京城那么大，能上哪里去找？

加之人地生疏，语言不通，严瑞珍兄妹在南京各墓地寻觅数月，一无所获。

"阿姊，我们何时回去？"大哥严朝钰问严瑞珍，时间已是初夏，正是一年中的耕作大忙季节，家中一向缺少劳力，如此东奔西突让大哥有些灰心，再说盘缠越来越少，由不得他们再多做停留。

"若找不到他，我不回去。"严瑞珍意志坚定，不找到金佛庄的遗骸她决不罢休。多年来，他们夫妇虽然聚少离多，但感情甚笃，此番既然出来了，她若不找到金佛庄的遗骸，这世界恐怕再无第二个人替金佛庄寻找遗骸了。严瑞珍自幼温良贤惠，谨守妇道，不管未来自己会老死谁家，只要现在她还是金佛庄的妻子，她就得尽到一位妻子应该尽到的责任，只要还有一丝希望，就付出百倍的努力。

大哥见妹妹如此坚决，便打消了返回东阳的念头。在偏僻陋巷中租下两间屋子，大哥每日出去打些零工以补贴用度，严瑞珍继续寻找丈夫遗骸。

一日，从南京小营丛冢寻觅出来，遇到了时任南京警察局局长的同乡黄复兴。严瑞珍兄妹到南京不久曾与国民政府有过交涉，但政府中的人员均不是国民革命军里的人，无法体会一个烈士家属的苦楚，也没有军人的血性和义气，只是说了些暖情的话，便说金佛庄牺牲的时候，南京尚被孙传芳占领，国民革命军攻入南京城是事发数月后的事情，在兵荒马乱年月里牺牲的同志，遗骸实在难找，便虚应过去。

黄复兴对严瑞珍说："嫂子，你是个弱女子，眼前累累荒冢，实在难找，我陪你同去拜见白司令，从他那里图个良法。"他口中的白司令，便是驻扎在南京城的代理国民革命军总司令白崇禧。

没过几天，白崇禧接见了严瑞珍，设宴款待，颁发了两千块银圆的一次性抚恤金，并按照规定每年颁发抚恤金六百块银圆。

有了这份抚恤金，严家兄妹二人的生活终于有了着落。兄妹二人继续在南京寻找。

白崇禧被他们的精神感动，以司令部的名义发出布告，悬赏寻找金佛庄的遗骸。无奈时过境迁，布告贴出多日，仍然音讯全无。

一年的时间转眼消逝，1928年春节之前，严瑞珍收拾行装打算回东阳过春节，乘上返回东阳的火车。在火车上，有幸遇一位军官，交谈中，得知这是位起义军官，曾在孙传芳部下任职，当年部队驻地正是南京。严瑞珍便问起是否知晓金佛庄之事。当军官得知严瑞珍寻找丈夫遗骸将近一年而未果，便问她金佛庄是哪一年遇害，在哪些地方寻找过。听了严瑞珍的叙述，那军人告诉严瑞珍，孙传芳当年枪杀人犯，大多都在雨花台，雨花台严瑞珍没有去过。

获此消息，严瑞珍在悲痛中看到了一丝希望。

列车停在镇江站，严瑞珍当即下了车，从镇江赶回程的火车返回南京，赶赴雨花台。举目远眺，山峦起伏，山麓平原间，荒坟千千万万，严瑞珍认定丈夫就躺在这理不清头绪的荒坟中，可到哪里去找呢？严瑞珍不禁悲从中来，放声大哭。一个刈茅草的老人看见严瑞珍在寒风中踌躇哭泣，问明缘由后，热心指点说：南门外住有一家保正，凡枪杀人犯，无人收尸的都归他埋葬，并标有木桩，你可去找他询问底细。

得到老人指点，严瑞珍一刻也不停地来到南门外，找到了保正，查阅收尸簿，上面果然载有金佛庄的名字。严瑞珍请求他带路，在一荒坟前，保正挖出了一根木桩，上面写有"金佛庄"三个字。

望着这经过坎坷酸楚找到的墓冢，严瑞珍嚎啕大哭，她跪下来给天地苍穹磕了一个头，感谢冥冥护佑，没有让她空手而归。

经过了将近一年的努力，严瑞珍终于找到了丈夫的遗骸。消息传开后，金佛庄在南京的好友、同学、同乡纷纷会聚商洽。1928 年 4 月，金佛庄遗骸入棺，寄柩南京南门外一所寺庙内。8 月，在下关车站广场举行追悼大会，会场中上方安放着金佛庄灵堂，上端悬挂“为国捐躯”四个金字的大红呢轴，追掉大会由陈诚主持，黄复兴宣读悼词。灵堂两旁挂着国民革命军高级将领书写的四十二幅挽联。时任国民革命军北路军总指挥、第三十二军军长的钱大钧致挽联：负经文纬武之才，战伐骁腾奇气于今钟浙水；惟志决身歼可痛，英灵来去寒风终古咽秦淮。国民革命军独立第八师参谋处处长刘兆林呈的挽联是：无求生以害仁，死且不朽；为厉鬼而杀贼，魂兮归来。国民革命军独立第八师参谋长梁修和赠送的挽联是：大英雄乘势以兴党国效忠，山川有意钟灵秀；奇男子冒险而进金陵轮泊，天地无情忌霸才。国民革命军北伐总司令部参谋处长撰写的挽联是：出粤岭以北征，裹马革早矢捐驱溯转战无前，总幄追随扬伟绩；指大江而东下，入虎穴深期得子怆奇谋未遂，中途尝坠失干城。

另有总司令部秘书长撰写的《良渡四分警卫团团长金佛庄行略》和警卫团团长姚琮撰写的《金团长佛庄小传》《金佛庄团长悼言》等吊唁文字五篇。

会后，由与会者护送灵柩上火车抵浙江杭州。1934 年 10 月，严瑞珍在小叔子金为周的陪同下步行到兰溪乘坐民船，经桐庐至杭州，雇员将金佛庄灵枢运回家乡横店良渡村，金家和严家共同举行隆重的葬礼，五乡十里的群众皆自发前来送烈士最后一程。为延续金佛庄一脉，严瑞珍从金氏房中过继一子，取名金志纯。为金佛庄端灵的，便是金志纯。在外漂泊七年的烈士尸骨终于回到了家乡，被安葬于良渡村西牛尾山上。金佛庄的母亲和妻子把领到的抚恤金全部拿出来为金佛庄建了纪念馆，地方并不大，两层，共五间房。

金佛庄作为中共第一位军人党员，是第一位牺牲在南京的中共烈士，列南京雨花台烈士名录第一位。1945 年 4 月党的七大召开前，金佛庄载入了中共中央组织部编印的《死难烈士英名录》。

1964 年，浙江省民政厅以“优字第 2056 号”下发《浙江省民政厅关于追认金佛庄为革命烈士的批复》，全文如下：

东阳县人委民政科：

你科五月十四日东阳民字 14 号报告收悉。同意追认金佛庄为革命烈士，其家属得称烈属。烈属证由你县人委发给，不再发抚恤金。关于烈士墓的问题，不一定要迁移，可给其维修一下，如无墓碑可在墓前立碑。

浙江省民政厅（印）

1964 年 5 月 18 日

与这道文件一起下发的，还有一份“革命牺牲军人家属光荣证”。是年，金佛庄的母亲施玉英已八十多岁，妻子严瑞珍已接近六十。

2011 年，金佛庄铜像在其母校浙江东阳中学落成，塑像由东阳中学校友、我国著名雕塑家朱惟精创作。在横店镇南的水碓山上，还有金佛庄烈士的陵园，内有纪念碑和纪念馆。金佛庄虽然英年早逝，可他短暂的青春却焕发出眩目的光芒。

后　记

受命于长篇之尾

接到雨花英烈纪实文学约稿时，我刚完成一部长篇小说，正进行出版前最后修订工作。真正的创作，从第一稿写完开始，后面还有许许多多的事情要做。第一稿相当于把房子的框架搭起来了，没有安门窗，没有进行内部装修。房子牢不牢，框架是关键。房子美不美观、适不适用，靠后期设计装修。生活中经常看见一些使用同一张图纸造起来的房子，经过不同的人装修，使这些房子呈现在人们面前的状态，已看不出源自同一张图纸。

小说创作必须依靠虚构，而历史人物长篇纪实文学的撰写必须依靠基本史实。虚构的背后是有逻辑支撑的，而基本史实却处处显得前后不连贯、互不买账。对一个想象力大于记忆力的人来说，写纪实作品比虚构作品吃力。

小说是历史肉身，小说里的人物和事件也许都是虚构的，但这些人物和事件都能在现实生活中找到原型。为了达到真实效果，笔者甚至不惜把所涉及的街道拐角处的石头放在小说中去，使得那部小说即使过了一百年，只要那条街道还在，拐角处的那块石头还在，读者都还能按图索骥找到那块石头。读者的目的当然不是为了找到那块石头，而是通过这块真实的石头，为小说中所有虚构的人物和事件注入血液和心跳。这就是虚构文学作品的“实证精神”。纵使这样，小说中的“实证精神”不过是作家的手段，不是作家的全部本领。

可是对一部纪实文学来说，“实证精神”则是作家完成写作的唯一路径。譬如司马迁写《鸿门宴》，刘邦、项羽、范增、张良一干人，谁谁东向坐、谁谁南向坐、谁谁西向坐都无关紧要，要紧的是当年项羽确实处心积虑在鸿门摆了一场酒宴，本想利用酒宴把刘邦干掉，结果由于自己心存妇人之仁，最终让逃脱的刘邦把他逼到乌江边自刎。

在这部以雨花台烈士金佛庄为核心人物的纪实文学中，金佛庄的生平事迹无法虚构，必须真实。在此基础上，让人物有血有肉地在文字中复活，这就是一个纪实文学作家的任务。

只有三千字的原始材料

在雨花台烈士英名录上，金佛庄的名字排在第一个，是中共第一位军人党员，是黄埔军校最早牺牲的中共党员，是第一位牺牲在南京的中共烈士。

由于牺牲得非常早，早在 1926 年 12 月，中共组织尚处在初始发展阶段，还没有建立档案；国民党正处在连年战争中，也没有很好地整理档案。绝大部分材料都随历史消遁无踪。我用一个月的时间，先后奔走于雨花台烈士纪念馆、江苏省党史办、南京市档案馆、苏州市档案馆、东阳档案馆、金佛庄烈士陵园、良渡村等地，只找到三千多字的小传。

面对这三千字的小传我没有慌张，更没有懊悔，相反，我是高兴：既然从前没有人写过，人就那么一个人，一辈子就那些事情，免得我偷懒，我的写作不大会跟别人撞车。另外我还了解到金佛庄无嫡亲后人，这对于传主是残酷的事情，对作者却相当于网开一面。君不见不少名人的传记，因为他的子女这样那样的顾忌，而被改得面目全非。于我来说，这本书不存在这方面的条条框框，我获得了足够的自由。对一个想象力不算差的作家，三千字的小传足够了。

从信仰入手，打开一片天地

真正下笔之后，我经常后悔和紧张。俗话说“故事好找，细节难寻”，每一个小说作家都会遇到细节问题。而对一个革命烈士，我虚构的本事基本上用不上。金烈士参加革命很早，牺牲也很早，跟他发生交集的同期人物很少很少，即使是名人，也很少提及金佛庄。我是不是就真没办法复制出金佛庄光辉灿烂而短暂的一生了呢?

经过多少个夜晚琢磨，我终于找到突破口，这个突破口就是他们这一代人从不缺乏的信仰。正面角色有正面角色的信仰，反面角色有反面角色的信仰。用今天的话说，那个时代的人们心中普遍都怀揣着一个“中国梦”，他们一生奋斗的过程，就是圆梦的过程。

金佛庄从事革命的时期，主要是共产党诞生和国共合作时期，这一时期的政治风向是耐人寻味的，有的人像墙头上的青草，东吹东边倒，西吹西边倒，选取利益的最大值，跟着最大公约数走。可有的人，不管政治风向往哪边吹，他们始终坚持自己的信仰不动摇，舍身为民，矢志兴邦。越是纷繁复杂、瞬息万变，越能考验一个人的信仰的坚定性。

从信仰入手，打开一片写作天地，写作的视野豁然开朗。

写作过程中，我不断串入历史，这些历史看似跟金佛庄无关，事实上，这些历史就跟血肉之于生命一般不可或缺，正是这些历史事件才使金佛庄坚持信仰至上，不管在什么环境中，都能为了信仰而慨然担当。

当我确定写一个革命者的信仰的时候，我发现有太多的史料可以用到。

金佛庄的信仰，是那一代人的信仰。

金佛庄的慨然担当，是那一代有为人士共同的慨然担当。

金佛庄的信仰，未必不是第一代共产党人共同的信仰。

经过半年多采访、查阅史料和写作，到 2016 年 5 月 6 日下午两点半写完最后一个字时，回顾整个写作过程，感觉每向前迈进一步，都是充实而有价值的。

附　录

金佛庄生平年表

1897 年，生于浙江东阳横店农民家庭。

1903 年，师从老贡生金洪锦私塾启蒙，又跟随老秀才吕松贵先生课读。

1910 年，抚养他的叔公去世，家境更加贫困。

1913 年，到湖溪忠清书院(后为东阳县湖溪一中)读高小。

1915 年，考入东阳县立中学。

1918 年，中学毕业，考进了保

定陆军军官学校。

1919年，五四运动爆发，对金佛庄震动非常大，思谋另找出路。

1920年，直皖军阀开战，军校一度停办，他转而考进厦门大学，改为研究教育与文学，以求改造社会。

1921年10月3日，重返保定军校，开始信仰马克思主义。

1922年，在北方共产党人李大钊的领导下，他加入了中国社会主义青年团，开始投身于中国早期的共产主义运动。组织了“壬戌社”，“罗致各省革命军人同志，以谋中国之革命”。

1922年7月，从保定军校第八期步兵科毕业，先在上海闸北淞沪护军使属下当见习排长；旋即被分配到浙江陆军部队当见习军官，在浙军第二师陈仪部下任排长。

1922年秋，转为中国共产党员。金佛庄成为党在浙江省建立的第一个地方组织——中共杭州小组最初的三个党员之一。在党内，他更加自觉地从事革命工作，宣传革命运动，积极参加中国社会主义青年团杭州地委组织的“杭州青年协进会”的活动和《协进》半月刊的编辑出版工作，并为公开发行的《浙民日报》担负一部分编辑任务，宣传革命思想。有一次，因同志间通信泄密，他被捕入狱，后经蒋百里、殷汝骊等出面向浙江督军卢永祥讲情，才获释放。因为金佛庄能文能武，的确是个难得的人才，在军中不久，就被提升为连附(副)，接着又担任了营长。他的杰出才华，更受到党组织的重视。徐梅坤就曾在当时的党中央委员毛泽东面前推荐过他。

1923年夏，列席于广州召开的中共三大。

1924年2月21日，金佛庄曾代表杭州党组织去上海，向中共上海地方兼区执行委员会报告杭州情形。

1924年春，第一次国共合作正式实现后，党组织派金佛庄参加广州黄埔军校的创建工作。

1924年6月17日，被任命为军校第一期第三(学生)队上尉队长。

1924年7月6日，被推选为黄埔军校国民党特别党部五名执行委员之一，成为周恩来在军校的得力助手。

1925 年 9 月 28 日，金佛庄出任第一师（师长何应钦）二团（团长沈应时）党代表。 10 月里，他参加了第二次东征之役。 东征军攻占汕头，击溃叛军陈炯明手下悍将林虎、洪承点部，稳定了局势。

1924 年 12 月至 1926 年 3 月，历任黄埔军校教导团第二团第三营营长、国民革命军第一军第一师第二团党代表和团长等职。

1926 年 3 月 18 日，金佛庄对政局变化有了某种预感，在住地洪家花园写出两千余字的《金佛庄自述》，回忆了之前的生活及求学、革命经历，表明了献身革命的决心，对自己的后事及家事等安排分别作了交待。

1926 年 3 月 20 日，“中山舰事件”发生，蒋介石悍然下令拘捕海军局代局长、共产党员李之龙，扣上“谍判”等罪名。 此行为实质是“清党”反共之前奏。 周恩来退出第一军，金佛庄被解除团长职务，调回黄埔军校改任第四期步兵第一团军事学主任教官兼改组委员长、法规编审委员长，领导编审黄埔军校的法规和制度。

1926 年，蒋介石很赏识他的杰出才华，企图利用“浙江同乡”的关系拉拢他，暗示要他脱离共产党，予以重用，但他忠于党的事业，毫不为之所动。

1926 年 7 月，建立国民革命军总司令部的时候，蒋任命金佛庄为总司令部参谋处副处长兼第三科科长。 不久，又被任命为总司令部警卫团少将团长。

1926 年秋，率部增援围攻南昌的部队，身先士卒，攻克南昌外围蛟桥，压迫敌之侧背，会同各友邻部队，齐向南昌城进发。

1926 年 11 月 8 日，再次攻克南昌后，金佛庄奉令率领警卫团入城，兼任南昌检查司令，设司令部于百花洲旁的贡院，安抚市民，维持城内秩序。

1926 年 11 月末 12 月初，南昌攻克后，孙传芳部仍盘踞在苏、浙、皖诸省，负隅顽抗。 有一次，国民革命军北伐总司令部首脑开会，金佛庄列席参加。他从争取北伐战争早日胜利的大局着想，在会上主动提出，愿意回到浙江、上海等地，通过以前在浙军中服务时的旧交关系，秘密策动浙军部队迅速起义。

1926 年 12 月 9 日晚，金佛庄与顾名世化装成上海的洋行买办，从九江搭乘英商太古轮船的官舱，顺流东下，一方面是策反孙传芳部众起义，二是向中共江浙区委书记徐行之汇报工作。不料上船后行踪即被泄露。

1926 年 12 月 11 日，船到南京下关码头，孙传芳部已在码头戒严，并上船搜查，当即将金佛庄、顾名世二人逮捕。上海的国、共两党组织和同志们闻悉此事后，多方设法营救，通过各种社会关系，托当时的浙江省省长陈仪出面，向南京方面说情疏通。蒋介石也特意发电要孙善待金佛庄，并提出可以用孙传芳军被俘的高级将领相交换，被孙传芳断然拒绝。

1926 年 12 月 12 日，未经审讯，金佛庄与顾名世被秘密杀害于雨花台，时年二十九岁。金佛庄是中共第一位军人党员，是黄埔军校最早牺牲的中共党员，是第一位牺牲在南京的中共烈士，列南京雨花台烈士名录第一位。1945 年党的七大召开前夕，金佛庄的名字被列入中共中央编印的《死难烈士英名录》，1964 年被中共中央批准为革命烈士。

吊唁金佛庄的文章及对联

良渡四分警卫团团长金佛庄行略

金佛庄浙之东阳人，生于民国前十四年（西历一八九七年），幼有异质，不群流俗，其父名本兰，字静乡，精岐黄术而以活人救命为职，志不以诊资较长短，然课子求学不稍宽假。佛庄亦深体父母之艰辛，益自勉励。故入校以来，辄冠其群，深为父母所钟爱，师友所器重。四年，见袁世凯帝制及日本二十一条之要求，不胜义愤，志欲舍去研究科学而从军报国。尝曰："为国家人才乎？为世界人才乎？从军乎？研究科学乎？眼见国家将亡，不应徒作书生默默以终也。"七年，投入保定陆军军官学校，为军官候补生。五四运动起，思想丕变，厌恨军阀，并自厌为军人之心甚烈，日图改业。九年直皖战争，保定军官学校因此停办。遂乘机考入厦门大学，肄业研究教育与文学。而要求改造社会之心甚切，日夜孜孜以求，深造十年秋，因家庭之催促，师友之敦劝，仍回保定军校求学，研究克鲁泡特金及马克思学说。在军校组织一壬戌社，社员四十余名，罗致各省革命军人同志，以谋中国革命之进展。十二年，奉派至浙江陆军第二师充作排长，公暇从事宣传革命运动，革命思潮为之一涨。旋以朋友通信不密，被拘入狱。当时蒋百里先生请卢督军永祥释放函，内有"中国二十年来无此人才，公宜爱护"之句，旋得被释。十三年，黄埔军官学校创办，乃充第三队队长。一意训续革命的军事人才，以为建立革命之基础。商团叛变，率队至广州，维持秩序。迨教导团成立，即被任为第三营营长。第一次东征时，淡水、鲤湖、兴宁诸役，第三营均勇敢善战，勋绩烂然，为第二团获得一党军荣誉旗。迨杨刘叛变，回师广州，龙眼洞、观音山诸役，第三营常为战线上之中坚，勋绩更著。后乃擢升为第二团团党代表及团长等职。廖案发生后，解散梁、张、郑、莫，拘留熊克武。及第二次东征，诸役莫不参与。十五年春，自团长奉令调回黄埔军校，担任主任教官。适当黄埔改组，兼任改组委员长及法规编审委员会委员长。埔校全部法规从此始立基础。公余之暇，辄以简练揣摩穷究革命真理，乃恍然大悟曰："唯物史观的物质欲望，毕生无满足之一日。舍道德而重物质，取乱之道也。"于是乎将总理全部遗教反复端详，深信三民主义为救国救民唯一信条，任何主义实包含而有之。常语人曰："佛庄一身憔悴参半，为唯物史观与互助论之说所误噫，吾知过矣，自今以后，当仅吾人之心力以纠正往昔之错误，所谓已立立入、已达达人者此也。"是年七月，成立北伐，设总司令部于广州，被任为总部参谋处副处长兼第三科科长。至总部出发湖南时，兼任临时指挥官。当湖南抵定进，取汉皋，又任总部长留守处主往，遇事精勤。蒋总司令倚之如左右手，后又奉命担任总部警卫团团长。南昌第二次得而复失之际，军阀声势顿盛。佛庄即奉命加入前线，一鼓作气，如入无人之境，军威为之一振，在炮火集中之点，更于大无畏精神，指挥冲锋，身先士卒，因此更得蒋总司令之信任，为同僚之钦服。南昌克复后，任为检查司令，设司令部于贡院。依据法律之定评，接受民众之怨诉，除暴安良，视民如子。当时南昌民众只知有金司令，几乎忘却一切官吏矣。由此可知佛庄非特长于军事，抑且兼长政治者也。十五年，奉命任总司令代表，赴浙江等处接洽军务，宣扬主义。不幸为孙逆传芳所忌，致遭毒手，殉义于南京雨花台。真所谓“出师未捷身先死，长使英雄泪满襟”，佛庄当之可无愧矣。

总司令部秘书长邵力子谨撰

金团长佛庄小传

君姓金氏，讳佛庄，原名灿，浙之东阳人，六岁能属对，有神童之目，未冠说君，独搜讨现代政治诸书，孜孜不怠。其少时，能自拔于流俗，谁如此？己未，考入保定军官学校，于揣摩阴符之余，兼取世界政治诸家之学说而折中之，以阐明中山先生之主义。久之成帙，识者争诵。旋卒业，返浙，始稍试其才，为浙督卢永祥所忌，逮捕下狱，得长者缓颊，始释后，得蒋公百里之介绍，乃间道适粤。时蒋公介石讲武于黄埔命，率生徒君，宽猛兼施，有儒将风。其后蒋公练党军俾长五百人，旋调任宣传，以功擢长三千人。两次东征皆身先士卒，所向有功丙。寅夏，我军北伐，调参戎幕，悉心擗画，因应咸宜。抵衡阳，又率警卫兵攻南昌，克之。时浙局未定，蒋公命君密往，欲纾东南之忧。轮泊金陵，为敌骑所侦，解孙逆传芳署，遂遇害。时年仅二十有九也。讣至，蒋公为之废食，怒斩虏将二人以殉，远近闻之，无论识与不识，莫不为之泣下。父本兰母施氏，配严氏子志绳。

警卫团团长姚琮谨撰

金佛庄团长悼言

余交君未一年而君死，相知之晚，痛恨为如何？况君又以横逆死，痛恨之私岂徒余一人已哉！君之行，实吴君圭三已述之，余不文敢赘一辞。惟念操刀杀君者为孙逆传，而假手杀君者，实为横行中土至八十年之外人。今者孙逆尚窃据，自雄长江流域，又时以炮击，闻揆之，春秋大复仇之义，削平余逆。后死者其敢辞矧。余不才谬继君后，敢以满腔热诚正告于部曲曰："若不荡平国内余逆，不取得国际间之自由平等地位，则我辈之奋斗无已时。君虽死，君之精神不死，君死之代价，吾料将于最短期间取偿于若辈之身矣。九泉有知，幸其鉴诸。

警卫团团长　姚　琮

追悼金佛庄同志

金佛庄同志是我们黄埔陆军军官学校第一期第三队队长，也是我们警卫团团长。我们在第三队的时候，同学受他的教训，得着军事上许多智识。他对于学生教练时间是很认真的，并且很热心的。我们学生也是很愿意受他的指挥，服从他的命令。所以我们同学能胜任各种任务，而且不辱使命者，都是我们极倾仰的金佛庄同志所赐给我们的教训造就而成的。去年，金佛庄同志受秘密使命，由南昌到上海抗州去工作，路过九江，为军阀孙传芳的走狗所探悉，船到南京下关被孙传芳部下宪兵所捕获。孙逆传芳是素来反对我们革命的，就把我们勇敢而有为的金同志杀了，同时还有顾铭世同志，也一齐的殉难。我们听到这个消息，我们本团全体非常悲痛激昂，以为非打倒南京孙传芳军阀，为我们已死的金同志报仇不可。现在南京既被我们得到，但是我们没有打死了孙传芳，还是不爽快，所以我们还应该继续前进，将孙传芳活擒起来，寝其皮而食其肉，方足以快我们的心，报我们金同志的仇。本团现在既往南京，是我们金同志死难的地方，我们全体官佐士兵，应该表示十分哀痛。开一次追悼会，以表示我们同学同事同志的一点哀忱。涛是不会作文，只有这样写一点，以表对金佛庄同志敬礼。但涛今天还有一句话，我们金同志是为国、为党牺牲生命了，以后的革命工作都在我们未死的身上，我们同志快快起来，直前勇往为主义去奋斗，打倒孙传芳，打倒张宗昌，张作霖，打倒帝国主义者，则金同志的躯壳虽死了，精神还是千古不死哩！

蒋国涛

祭金佛庄文

国民革命军总司令部前警卫团团长金少将讳佛庄之灵柩前

呜呼造物忌才，英雄多难，自古如斯，殊堪浩叹。况公之身，有关治乱。恶耗传来，肝肠欲断。忆公履历，产自婺东，天资卓荦，理想恢宏，似班超志投笔从戎，考入保定，韬略贯通，蒿目神州，豺狼当道，军阀花花，劳民草草，主义未行，忧心如捣。欲展其猷，被卢压倒，旋奔粤境，拥护蒋公，矢勤矢勇，必信必忠，恩威并用，有儒将风，宣传训练，丕著伟功，起义东征，寡能胜众，北伐宣劳，历湘鄂赣，江浙未平，军事倥偬，挺身进窥，不虞困控，乘轮东下，甫泊南京，被敌侦掳，其生恨哉。孙逆坏我长城，因公罹祸，共抱不平，奋斗至今，北平克复，军尽甘心，公堪瞑目嗟。彼穷黎未能受福，言念及公，哀怀万斛。公于党义阐述洋洋，如能在世，建设孔彰。胡天不惠，竟致遭殃。绵绵此恨，寝食难忘，赎身无期，招魂莫及。悯公之亲，衔哀收拾；怜公之妻，吞声饮泣。同泽同袍，杂感业集，伟哉功烈，生荣死哀，还葬西湖，胜似蓬莱。特开祖帐，劝尽一杯，灵其不昧，速赋归来。呜呼哀哉，伏维尚飨。

黄复兴
郑文礼
弟　马文车　等同挽
蔡忠笏
陈步云

金佛庄挽联

杀身成仁使同志哭干了多少眼泪
闻风慕义为我辈能唤起无限精神
国民革命军独立第八师驻北平办事处处长

姜元德恭挽

负经文纬武之才战伐骁腾奇气于今钟浙水
惟志决身歼可痛英灵来去寒风终古咽秦淮

军长钱大钧挽

无求生以害仁死且不朽
为厉鬼而杀贼魂兮归来

国民革命军独立第八师参谋处处长刘兆林恭挽

大英雄乘势以兴党国效忠山川有意钟灵秀
奇男子冒险而进金陵轮泊天地无情忌霸才

国民革命军独立第八师参谋长梁修和恭挽

出粤岭以北征裹马革早矢捐驱溯转战无前总幄追随扬伟绩
指大江而东下入虎穴深期得子怆奇谋未遂中途尝坠失干城

张定璠恭挽

鹭岛忆同窗几曾月下论文海头舒啸壮志誓从戎北伐东征剩有精忠昭白日

石城伤永别可堪梦里传耗秋空警雁一棺赋归去成仁取义不磨殷血溅长江

弟　孙元曾恭挽

提剑北征回思同驻豫章虽当军事倥偬朝夕公余常聚首

买舟东下谁料舍身建业今此国都底定生平愿慰好归魂

弟　邵企雍恭挽

故宫血迹先烈祠堂六朝烟水淘遗恨

江左英华保阳风雨三十功名惜盛年

宋澄恭挽

虽死犹生血迹长流革命史

以身殉国忠魂合傍岳王坟

吴思豫恭挽

击楫渡江入虎穴龙潭竟敢勇决一死

下荒被发有秦淮钟阜真堪俎豆千秋

王伊西恭挽

毕生钦薄海绩著鹰扬当年破釜沉舟击强敌雄心可畏

一死重泰山惨遭虎口今日犁庭扫穴问恶魔凶焰何存

周诚先恭挽

巨鹿立功淮阴拜将一世英名寒贼胆

江右兴师崖山就义千秋正气在人间

弟　贾伯涛恭挽

百战炳丹心只求军阀早锄险地北蹈殉党国
千秋藏碧血应识精灵不泯大江东下吊英雄

弟　周雍能恭挽

党标异帜谊感同袍往事多凄凉千层万叠江涛恶
义就南都骨归西子灵魂堪慰藉白日青天浙浪平

弟　严重恭挽

少年同学忆君投笔从戎曾与枕戈谈革命
壮士不还嗟我无琴感旧枉凭易水吊知音

弟　王悦澄恭挽

宁作成仁者
是真革命家

弟　刘云腾恭挽

幼年露角壮岁从戎信仰惟三民相期无负平生曾在羊城同努力
北伐军兴联盟局破东南重两浙何意竟殉密命收来马革奠英魂

弟　陈良恭挽

热血溅江流痛当年白下捐躯志士仁人同一哭
忠魂还乐土看此日西湖归葬岳坟徐墓共千秋

弟　张琏恭挽

转眼搀枪扫荡何物换头颅是蒋山青秦淮碧
今朝骨殖还归伊谁慰魂魄有将军柏处士梅

弟　郭忏恭挽

就义石头城今古齐怜袁粲死
瘗魂西子畔姓名长附岳王香

门生　蒋国涛哀挽

勇士不忘丧元虽遇间谍无丧也
逆贼尚未授首当为厉鬼以击之

弟　王兆熊恭挽

忆先生凯奏东征嗣是而湘而鄂而赣指日矢精忠奈至金陵遭毒虿
叹我辈旬吟西出举凡同志同学同寅临风怀旧谊徒凭玉榇哭英魂

陈步云　柳　善

奇勋卓著党国干城劲草感风摧怕看扫叶楼头月
忠骨飘零西湖归葬雨花和泪洒苦煞深闺梦里人

第四十六军第四师第二团团长　李文实

饮刃在首都尸觅苌弘碧血九泉依往烈
榇舆归两浙元还先轸白头二老哭英魂

吴淞区要塞司令龚师尊挽

成仁燕子矶头热血三年应化碧
归骨雨花台畔英名千载永留青

弟　朱绍良恭挽

有怀未逮杀身成仁介子忠谋今有恨
靡险不搜获骸归葬杞梁遗事古同悲

来金章恭挽

壮志可千秋身许党国
头颅凭一掷血涌长江

学生　伍诚义　吴天鹤恭挽

崎屹抚乡邦中途喋血虏廷长使浙人同一哭
精诚变国俗今日归骸湖壤永依徐墓共千秋

弟　张元祜恭挽

衔命走间关誓效微驱志党国
舆尸归故里常留浩气奠湖山

弟　高冠吾恭挽

自岭表转战达洪都肉搏几回身不死
负使命潜行过吴会头颅一掷恨难平

弟　蔡忠笏恭挽

是济世才群惜年华才廿九
为党国死一行史传足千秋

弟　陈时骥恭挽

得葬名山川何等幸事
杀身救党国此岂常人

陈敢恭挽

转眼便复河山知烈士黄泉了无遗憾
其心可质天日看灵车丹旐血涕同袍

弟　陈孔达恭挽

间关遇牒义不苟生胡冠沦亡论盖棺
历险寻骸神其来告钱潮呜咽痛招魂

应　西　张胥行

不入虎穴焉得虎子想当年受命洪都慷慨已弃尸革裹
生为人杰死为鬼雄看此日招魂白下江潮犹溅血花飞

师长　陈绍英恭挽

凄其风雨与方正学结邻白骨纵还乡浩气依然在钟阜
炳若日星共鄂岳王不朽丹心惟护国英灵长此镇湖山

罗卓英恭挽

风景不殊叹水逝秦淮折戟沉沙伤往事
湖山无恙知魂依武穆入林把臂有同心

同学　赵观涛恭挽

正气留两间取义成仁忠勇直书垂革史
生刍惟一束抒哀和泪湖山有幸寄斯人

邱炜恭挽

等此百年中授命成功汗马史
招魂千里外望夫泪洒雨花台

王雍皞恭挽

杀身成仁没无遗憾
临难不苟身有余荣

江宁区要塞司令郭大宗挽

于国有功真不世
为民捍患有何人

斯立挽

革命先驱殉党一生大无畏
裹尸还葬寻夫万里太艰辛

楼月恭挽

参考书目

1.《金佛庄烈士传集》，中共浙江省东阳县委党史办公室编，1986 年；

2.《东阳县志》(初稿)，东阳县 1932 年编修；

3.《中国黄埔军校》，陈宇著，解放军出版社，2007 年；

4.《共产党人与黄埔军校》，曾庆榴著，广州出版社，2013 年；

5.《保定陆军军官学校》，河北政协文史资料委员会编，河北人民出版社，1987 年；

6.《狷介与风流：蒋百里传》，陶菊隐著，群言出版社，2015 年；

7.《重返五四现场：1919，一个国家的青春记忆》(增补本)，叶曙明著，九州出版社，2015 年；

8.《1912—1928:文武北洋 · 枭雄篇》，李洁著，浙江人民出版社，2012 年；

9.《雨花魂》，江苏省委党史办等编，中共党史出版社，2015 年；

10.《金华文史资料》(第二辑)，金华市政协文史委编印，1986 年 12 月；

11.《中华民国史档案资料汇编》第三、四辑，中国第二历史档案馆编，江苏古籍出版社，1991；

12.《军阀之国 1911—1930:从晚清到民国时期的中国军阀影像集》，骆艺、黄柳青著，人民日报出版社，2015 年；

13.《民国政府六大主席》，张丰清著，台海出版社，2013 年；

14.《历史深处的民国》，江城著，华文出版社，2014 年。